推しが俺を好きかもしれない2

川田戯曲

ファンタジア文庫

3177

口絵・本文イラスト　舘田ダン

推しが俺を好きかもしれない 2

My FAVE should love me.

【川田戯曲】 illust.【館田ダン】

プロローグ　推しがブログを書きました。

【『劇場版・バレット妹ミヤコちゃん』の良さを全くわかっていないお前らボンクラに捧《ささ》ぐ、ネタバレ感想】

という訳で、早速書いていきます。

俺はこの作品、誰が何と言おうと傑作だと思ってる。――いや、細かく言えば不満点はいっぱいあるし、だからこそ世間的には『駄作』とされてるのもわかるけどな？　でも俺は決して、逆張りオタク的な精神でこの作品を評価してる訳じゃなくて、ただ純粋に、マジでこの映画が刺さったんで、傑作だと思いました。

その理由としてはたった一つで……本作の魅力は、テレビ版で救われなかったミヤコちゃんを、ちゃんと物語として救い上げてあげた――それに尽きる。

展開が雑？　キャラ崩壊してる？　新キャラウザすぎる？　……全部正しいよ。そもそも、脚本家がテレビ版と映画版で代わってること自体がおかしいからな！

でも俺は、近場の映画館に足を運んで、仲間を裏切ったミヤコのお兄ちゃんが、泣いてるミヤコに撃たれる直前、こう叫ぶシーンを見たあの瞬間、そんなこたあどうでもよくなりました――。

「他の誰が不幸せになろうと、お前にだけは、幸せになって欲しかったんだ――」


正直言って、『劇場版・バレット妹ミヤコちゃん』は名作じゃないです。つか、あの名作アニメの劇場版としては、駄作とされて然《しか》るべき作品だと思う。

でも俺にとっては、このシーンを劇場で観《み》れただけで、傑作でした。

こんなにも心揺さぶられるワンシーンがあった。

こんなにも作品を好きだと思える瞬間があった。

それだけで、本作が誰にどんな評価をされようと、俺にとっては神作です。

……つか、プロデューサーが舞台挨拶で余計なこと言って炎上したり、脚本家が余計なツイートして炎上したりしてなきゃ、もうちょっと評価されてたと思うんだよなこれ！

だいたい、生まれた作品とそれを作った人達は別の存在なんだから、そこはほら、みんなも切り離して考え……考え……られないですよね！　本当に偉いオタクは、作品と作者を切り離してコンテンツを楽しめる筈《はず》だけど、俺はまだそこまで至れてねえわ……。

ただ、本作の炎上騒ぎについて、一個だけデカイ苦言を呈すなら――俺はこの、炎上した作品ならガンガン叩《たた》いてオッケー、みたいな風潮、マジで嫌いです。だからこそ、声を大にして言わせてもらうけど――『劇場版・バレット妹ミヤコちゃん』は、映画を観てもいないお前らがヘラヘラ叩いていい作品じゃねえから。

………こんなこと書いたら、またブログのコメ欄、大しけの海くらい荒れちゃうのかしら（ぶるぶる）――そう思って怖くなりはするのに、だからって先の一文を消すなどの自重はできないどうも俺です。

ともかく！　俺が言いたかったことをまとめると……『劇場版・バレット妹ミヤコちゃん』は、俺にとっては間違いなく傑作でした。製作者のみなさん、作ってくれてありがとう！　ただ、続編をやる前に、脚本家からツイッターだけは取り上げといてね！

第一話　推しとラインを交換した。

『もしかしてこいつ、個人のブログでなら何言ってもいいと思ってんのか？　むしろ、不特定多数の目に留まる可能性のあるインターネットに公開する文章こそ、ちゃんと考えないといけないんだが？』

夏らしい暑さをじわじわと肌に感じ始めた、七月中旬。

俺は一人、文芸部室にあるパソコンの前の椅子に座って、自分が過去に書いたブログ記事につけられたコメントを読んでいた。……確か、『劇場版・バレット妹ミヤコちゃん』の公開は今から二年程前だから、この文章を書いた当時の俺は、中学生二年生か。

「……ブログって、頑張って記事を書けば書くほど、黒歴史が溜《た》まってくシステムなのやばくない……？」

プチ炎上してしまった当時のコメ欄を見やりつつ、俺はそう呟《つぶや》く。一部の真人間が書いたらしい――『インターネットに公開する文章こそ、ちゃんと考えないといけない』というコメントに、正論すぎて胸が苦しくなった。やめて、正論という刃《やいば》を拗《こじ》らせオタクに振りかざさないで！　それ、ちょっと切れ味良すぎだから！　深夜の通販番組で紹介されてないのがおかしいレベル。

思いつつ、俺はコメ欄を更にスクロールしていく。すると、どうでもいいコメントの山に交じって、本ブログの常連である豪傑丸《ごうけつまる》さんからの、こんなコメントを見つけた。

『好きなものをちゃんと好きと言えるよーすけさんは、すごいと思いました。私も、この映画大好きです。』

……ああ、そういやこれが、豪傑丸さんが初めてくれたコメントだったか……いまは一人称が『僕』の豪傑丸さんも、最初は『私』だったんだな。

このコメントを貰《もら》ってから、早二年——豪傑丸さんはこれ以降、俺のブログによくコメントを残してくれるようになった。俺がどんだけ酷《ひど》い感想記事を書いても、ほんわかした優しいコメントをくれる方で……俺にとってはもう、心のオアシスみたいな存在だ。

「どんな人なんだろうな、豪傑丸さんって……」

そう呟きつつ、俺が運営しているブログ——『限界オタクの限界突破ブログ』の過去記事を読み漁《あさ》っていると、がらら、と扉が横滑りする音と共に、彼女が現れた。

「よ」

中高生に人気のアーティスト、『満月《まんげつ》の夜《よる》に咲《さ》きたい』のボーカルＵ－Ｋａ《ゆうか》にして、学校中の憧れの的である花房憂花《はなふさゆうか》は今日も、性悪な自分を隠そうともせず……わかりやすく不機嫌そうな顔をして、俺の所属する文芸部の部室に入ってきた。

「お、おう。……今日はいつにも増して、挨拶の文字数が少なすぎでは？」

「あんだけ憂花ちゃんが――『明日、お昼休みに教室で話しかけて』って言ったのに、その約束をぶっちしたあんたにかける言葉なんて、『よ』だけでいいでしょ」

「あーっと……それは、その……」

「いい。憂花ちゃん、言い訳なんか聞きたくないから。そんなんしないでくんない？」

「…………」

「ふうん。都合が悪いとだんまりを決め込むんだ？　ちょっとは言い訳くらいしなよ」

「……いやあの、秒で矛盾しないでくれません？　言い訳すんなっつったりしろっつったり、俺はどうしたらいいんだよ」

「知らないよ。憂花ちゃんだって、憂花ちゃんの機嫌が悪い時、どうしたらいいのかわかんないんだもん」

「お前はほんと、お前らしい発言をするのが得意すぎない？」

俺がそうツッコむと、花房は未《ま》だ不機嫌そうな顔をしたまま、どかっと俺の隣の席に座った。決して、俺の斜め前の席には座らない。……彼女が本当に不機嫌な時は、俺の隣じゃなく斜め前の席に座る筈なので、どうやら本気で怒っている訳ではないようだった。

「あー、なんか久しぶりに憂花ちゃん、ゴミ箱とか蹴りたくなってきたかも」

ごめん、前言撤回。やっぱ彼女、ガチで不機嫌っぽい。……何だよゴミ箱とか蹴りたくなってきたって。本性がヤンキー過ぎるだろお前。

そんな花房の様子を見た俺は、どうにか彼女の機嫌を取れないか考える……すると、一つ妙案というか、安易な策を思いついたので、俺は「ちょっとトイレ」と言って席を立ち、部室をあとにする。その足で向かうのは、階下にある自販機だった。

ここで少しだけ事情を説明しておくと──昨日、俺は花房から、

『明日のお昼休みに、教室で憂花ちゃんに話しかけてきて。それしてくんなかったら、まんさきのデモ音源あげないから』

というようなことを言われていた。

……俺としてはその約束を承諾した覚えはなかったんだけど、彼女の中では約束は交わされていたらしく──そんな訳で花房はいま、今日のお昼休みに何もしなかった俺に対して、割とガチめにキレているのだった。

「教室で推しに話しかけるなんて、そんなの俺にできる訳ないだろ……」

俺はそう愚痴りつつ、彼女の好物である『飲めるプリン』を自販機で購入。そそくさと部室に戻ると、「はい、これ」と言いながら、彼女の目前のテーブルに『飲めるプリン』

を置いた。それを受けて花房は、俺にジト目を向けたのち、尋ねてくる。

「……これ、なに？」

「なにって、詫《わ》びの品だけど」

「ふうん、なるほどね……不機嫌な憂花ちゃんの機嫌を取るために、こんな小賢《こざか》しい手を使ってきたんだ？　──あんた、憂花ちゃんのことナメてんの？　憂花ちゃんがそんな、『飲めるプリン』を一缶貰ったくらいで、機嫌が良くなるような安い女だと、そう思ってるわけ!?　だとしたら憂花ちゃん、もっと不機嫌になろっかなあ！」

「もっと不機嫌になろっかなあ、って日本語の使い方おかしいだろ……つか、じゃあいいんだな？　これくらいじゃ機嫌良くならないなら、これは俺が飲んでいいんだな？」

「……い、いいよ？　憂花ちゃん、別にそんなん飲みたくなんて──」

「わかった。じゃあ遠慮なく」

俺はそう言いつつ、『飲めるプリン』に手を伸ばす。

すると、次の瞬間──しゅっ、と。俺がそれを摑《つか》むより先に、花房の手がアルミ缶を取り上げた。そのまま、花房は『飲めるプリン』を自身の胸の中でかき抱くと、「やっぱ、だめ……」と呟くのだった。

「おい。いらないんじゃなかったのかよ」

「……ごめん。いま憂花ちゃん、ちょっと嘘《うそ》ついた。実を言うと憂花ちゃん、これめっちゃ好きで、だからすげー飲みたいし――あんたがこれを買ってきてくれたのを見て、割と機嫌直っちゃった」

「直ってたんかい……」

「でも、『飲めるプリン』一個で機嫌を直しちゃうようなちょろい憂花ちゃんを、私自身が許せなかったから……無理やり不機嫌やってた、みたいな……？」

「……と、とりあえず、それ飲めば？」

「う、うん……」

子供みたいに頷《うなず》いたのち、俺が買ってきた『飲めるプリン』のプルタブを開け、こくこくと飲み始める花房。「んくっ、んくっ、んくっ――うっまぁ……！」恍惚《こうこつ》とした表情でそんな言葉を漏らす彼女の横顔は、ＣＭか何かに使えそうなくらい輝いていた。

そうして、缶ジュース一本で機嫌を直した彼女は、咳払《せきばら》いをしながらその缶をテーブルにことりと置くと、俺のことを再度ジト目で見やりながら、言葉を続けた。

「……でも一つ言っとくと、憂花ちゃんはマジでいつか、教室で光助《こうすけ》に喋《しゃべ》りかけてもらいたいと思ってるからね？　そこんとこ、忘れないでよ？」

「あ、ああ……いつかな？　いつか俺が、教室で花房さんに喋りかける勇気や覚悟を持てるようになったら、喋りかけるから……」

「期待できない言い方すんなし。……でも、いいよ。憂花ちゃんはいい女だからね。あんたがそう言うなら、待っててあげる。あんたを信じて、いつか光助が約束を果たしてくれる日を、待っててあげるよ。――ただ、そんな風にいじらしく待ってる憂花ちゃんを迎えに来なかったら、許さないからね」

花房はそう言って、少し拗《す》ねたような顔をする。……俺の人生における『生きているうちにやらなきゃいけないリスト』に、新たな項目が追加された瞬間だった。ちなみに、一番上の項目は『親孝行』です。――いえそんな、好感度が欲しい訳じゃなくて、ただの本心ですよ？　本当ですよ？　ところで、なぜ僕はいま敬語になってるんですかね？

そうして話がいち段落すると、花房は学生カバンからスマホを取り出し、ポチポチやり始める。俺がそれをぼんやり見つめていたら、彼女は何の気なしにこう言った。

「そういえば昨日、通信障害か何かで、ラインができない時間あったよね？　あの時ちょうど、マネージャーさんと仕事のやり取りしてる途中だったから、憂花ちゃんちょっと焦《あせ》っちゃった」

「ふうん、そんなことが……」

「あっ……友達がいない。ラインする相手がいない。だから障害に気づかない……」

「やめろ。点と点を線で繋《つな》いで、俺が昨日ラインに触ってすらいない事実に気づくな。お前は名探偵コナンかよ」

「……もしあれなら、憂花ちゃんが……ら、ライン交換、してあげよっか？」

「おい、同情から優しい言葉かけんなって。……あのなあ、ぼっちは『やーいぼっちー』って蔑まれるよりも、『ぼっちで大丈夫か……？』って深刻な表情で心配される方が、断然辛《つら》いんだからな！　俺のお母さんも、早くそこら辺、わかってくんねえかなあ……！」

「………そういやあんたって、家族とはラインやってんの？」

「まあ、人並みにはやってるんじゃないか？　この間、一人で映画館に行った俺が、観終《み》えた映画の面白さに興奮して、その作品の長文感想を妹にすぐさま送りつけたら、ブサイクな猫のスタンプで『ＯＫ！』とだけ返ってきたぞ」

「適当にあしらわれてる……つか、何が『ＯＫ！』なのかも全然わかんないし」

花房はそう言ったあとで——「でも憂花ちゃんも、めんどい相手にはあえて、少し意味のズレたスタンプ送るかな。そうすることで暗に、『もうダルいからこのライン終わりたいんだけど』って伝えられるし」とか呟いていた。ええー……女の子って酷くない？

そうして、会話がいち段落したのち、部室に沈黙が訪れる。

少し前だったら、花房と二人っきりの空間で沈黙が続いた場合、何か話さなきゃという不安にかられることもあったけど……いまはそういう事もなく、俺はパソコンに向き直って、再びブログ記事を読み始める。

沈黙を許せる間柄。それは、人間関係としては進展だし、だから喜ばしいことではあるんだけど……推しとファンの関係としてはどうなのか、少しだけ考えてしまった。

と、その時。がたり、と部室の扉の方から音がしたので、俺はそちらを見やる。

そしたら、扉の窓越しに——文芸部の幽霊部員、檜原由女《ひのはらゆめ》の姿を見つけた。

しかし、それは一瞬のことで……俺に見られたことに気づいた彼女は、慌てた様子で窓枠からフレームアウトすると、たったったったっという靴音と共に廊下を走り去っていった——なんだあいつ。部室の前まで来たのに、中には入らないのか？

俺がそう考えつつ、遠ざかる靴音を聞いていたら……次の瞬間。

隣にいる花房がふいに、堪《こら》えていた感情を爆発させるみたいに、大声で叫んだ。

「……いや、憂花ちゃんが結構な勇気を振り絞って言った——『ライン交換、してあげようか？』って言葉を、さらっとスルーすんなし！」

「…………」

やっぱ怒られるのか、そのことで。

さっきは上手《うま》く誤魔化せたと思ったのに、どうやら蒸し返されてしまったらしい。彼女は頬を桜色に染めながら、猛禽類《もうきんるい》みたいな鋭い目で俺を睨《にら》みつけていた。頬の色は可愛《かわい》いのに、目の色が全然可愛くねえなおい……。

「憂花《ゆうか》ちゃんが同情でそういうことを言う子じゃないことくらい、あんたもわかってるでしょ……それなのに、何さらっと憂花ちゃんの提案をスルーしてんのよ！　あんたいつの間に、そういう会話術を使いこなせるようになったわけ？」

「やっぱ妹との会話が俺を成長させたんだろうな」

「ラインでは会話すらしてもらえなかった癖に。……ともかく、ほら。さっさとライン交換しちゃうから、スマホ出しなって」

「…………」

「うわ、出たその顔！　あんたまた、拗《こじ》らせオタクとしてめんどいこと言う気でしょ！」

「察しがよくて助かる」

俺はそう言ったのち、花房《はなふさ》に改めて向き直る。……自分でも自分がめんどい男なのは理解しながら、それでも。俺はいちファンとして、俺の推しに告げるのだった。

「いやでも実際、ライン交換とか……そんなおこがましいこと、できる訳ないだろ。俺にとってお前は、大好きな推しなんだぞ？　推しっていうのは絶対に、この手が届かない存在でなきゃいけないんだ。煌《きら》びやかなステージの上に立つお前と、そのステージの下から見上げる俺――俺はまんさきのU－Ka《ゆうか》とそんな関係でいたいんだよ。それなのに、ライン交換って……そんなの、拗らせファンである俺が許容できる訳ないだろ！」

「………」

「ああ、わかってる。みなまで言うな。……確かに俺はもう、花房さんとこんな放課後を過ごしている時点で、ファンとしては失格なのかもしれない。でも、それでも――『満月《まんげつ》の夜《よる》に咲《さ》きたい』を応援するいちファンとして、いまの俺にできるだけの努力はしたいんだ。たとえ既にどこかが間違ってしまっているとしても、俺は――お前という推しとの関係を、これ以上汚したくないんだよ。だからな、花房さん…………あの、花房さん？」

「ん？　めんどい話終わった？」

「いや、両耳につけたイヤホンを外しながら『終わった？』じゃねえんだよ！　そんな長い話してなかったろ……」

俺のそんなツッコミに、わかりやすく偽悪的な笑みを浮かべる花房。

ただ、ワイヤレスイヤホンから音漏れはしていないあたり、実際に音楽を聴いていた訳ではないようで……彼女はイヤホンをテーブルの上に置きながら、うんうん頷いた。

「確かに、光助の言い分はわかるよ？　あんたの拗らせファンとしてのプライドも、こうしてあんたと一緒にいるうちに、うんざりするほど理解できたしね。でも、一つだけ言わせてくれる？　──憂花ちゃんにはそんなの関係ねーから」

「…………」

「ほら、憂花ちゃんがライン交換したいって言ってるんだから、あんたはつべこべ言ってないで、早くＱＲコードを憂花ちゃんに差し出しなよ」

「相手の言い分をちゃんと理解した上で全却下って、こいつ最強すぎない？」

自己中の極致みたいな女だった。……いやほんと、なんでこんな女が、『満月の夜に咲きたい』──通称『まんさき』のＵ‐Ｋａとしての仮面を上手く被《かぶ》れてるんだろうな。

俺がそんなことを思っていると、花房はまた一段と険しい顔になって、話を続けた。

「つか、これ以上あんたが拒否するなら、憂花ちゃんはまた、伝家の宝刀を抜くしかないんだけど……いいのね？」

「で、伝家の宝刀？　って、まさか──」

「──もしあんたが憂花ちゃんとライン交換してくんなかったら、まんさきのデモ音源、あげないけど？」

「うわー出た！　たぶんこのままいくと、『もしあんたがあいつを殺してくれなかったら、まんさきのデモ音源、あげないけど？』くらいまで要求がエスカレートして、俺が殺人犯になっちゃうあの契約じゃねえか！」

「正直、まんさきのデモ音源を餌にしたら、最終的に光助がどれくらいのことまでやってくれるのか、憂花ちゃんもちょっと興味はあるよね！」

花房はそう言って少し笑ったのち、俺の顔をじっと見やる。それから、一つため息を吐《つ》くと、静かに顔を逸《そ》らした。……どこか憂いを帯びたその横顔に、小さく心臓が跳ねる。

そうして、浮かない表情を浮かべる花房はそのまま、零《こぼ》すようにこう言った。

「……ううん、やっぱいまのナシ。憂花ちゃんも、ちゃんと自分の気持ちと向き合うって言ったしね。一歩踏み込むって、決めたんだから。それなのに、いつまでも『何々してくんないとデモ音源あげない！』であんたに言う事を聞かせても、しょうがないでしょ」

「…………」

「だから、ちゃんと言うよ。――あんたのそのめんどい性格のせいで、こういう時にあんたが一歩引いちゃうなら、そのぶん、憂花ちゃんが一歩踏み込んでやる。この距離を空けてなんて、あげないから」

花房はそこまで言うと、すぅー、はぁー、と。一度だけ深呼吸をした。

そののち、彼女は俺を正面からじっと見つめる。……林檎《りんご》のように赤らんだ頬。口から漏れる吐息や、揺れる瞳がどこか熱っぽい。彼女はそんな、微熱を抱えたような艶のある表情で俺を見つめながら、少しだけ震える声音で、こう言うのだった。

「これから夏休みに入って、あんたと連絡取れなくなっちゃうのがマジで嫌だから、ライン交換したいんだけど……だ、駄目？」

「────」

瞬間、心臓を何かしらにぎゅっと摑《つか》まれる。

……ああ、くそ……俺は本当に、まんさきのＵ－Ｋａが大好きなのに──。

それなのに俺は、どうしてこういう時、こういう場面ではこんなにも、性悪でめんどくさい、まんさきのＵ－Ｋａじゃない彼女に、心惹《ひ》かれてしまうのだろうか。

好きになってない。まだ辛《かろ》うじて、花房に恋はしていない。

でもそれは、まんさきのＵ－Ｋａのファンとして、推しに邪《よこしま》な感情を抱きたくないというちっぽけなプライドが防波堤になって、なんとか恋をせずにいられているだけだった。

それじゃあ、俺がいま花房に対して抱いてしまっているこの下劣な感情が、俺が大切にしたい、混じり気のない『推しを推す気持ち』に、勝ってしまったら──。

俺はそんなことを考えながら、学生カバンからゆっくりと、スマホを取り出す。

……根底にあるのは、ここで断ったら、俺の推しを悲しませてしまうから、という、いちファンとしても矛盾してない理由だけど──それが、ただの言い訳でしかないことも理解しつつ。俺は、取り出したスマホを彼女に手渡しながら、こう言うのだった。

「お、俺、ライン交換とか、やり方わかんねえから……勝手にいじってくれるか？」

「……ん。任せて」

少し汗ばんだ俺の手から、少し汗ばんだ彼女の手に、俺のスマホが渡る。

それから、すぐさま目前のパソコンに向き直った俺は、しばらくして……横目でちらっと、隣にいる彼女を見やる。そしたら――。

俺のスマホを大切そうに持ちながら、未《いま》だ赤らんだ顔で「ふふっ」と。小さく、けれどとても幸せそうに笑みを零す花房の姿を、目撃してしまうのだった。

「…………」

そのあまりにもな光景に、見るんじゃなかった、という感想を抱いた俺は、慌てて彼女から視線を逸らす。……いま俺の隣にいるのは、性悪女でも、天才シンガーでもなく、俺とライン交換ができて嬉《うれ》しいと思っているだけの、ただの可愛らしい女の子で――あああああ体が熱い！　もう七月も中旬だし、これが熱中症ってやつなんですかね⁉

俺がそう、自分でも自覚できるくらい頰を赤らめていたら、いつの間にか表情をフラットに戻した花房が「はい」と言いながら、スマホをこちらに返してくれた。なのでそれを受け取った俺は早速、ラインの『友だち』欄を確認する。

　そしたら、そこには――。

『すこすこ大すこ憂花ちゃん』

　という名前で、花房さんの連絡先が追加されていた。

「……おい、何だよこのクソみたいな名前。つかラインって、表示する名前を変えられるんだな？　じゃあ普通に『花房さん』にしたいから、変え方教えてくんねえ？」

「ふふっ。――ぜったいやだ」

「なんつーいい笑顔で拒否するんだお前……」

「まんさきのMVのコメ欄とかでもよく見るけど……憂花ちゃん、なんか『すこ』って言葉好きなんだよね。好きよりもガチっていうか、オタクの人が本当に好きって言ってくれてる感ない？　だから、この名前変えないでね？」

「ええー……」

「あ。光助《こうすけ》のそういう顔、憂花ちゃん結構すこ」

「や、やめろお前……あんまオタクをからかうんじゃねえよ……」

　俺がそうツッコむと、花房はまた「ふふっ」と上機嫌に笑ったのち――「それじゃあ憂花ちゃん、そろそろボイトレの時間だから」と言って席を立った。

それから、彼女は部室の扉の前まで行くと、そこでくるりと振り返る。そして、俺に向かって満面の笑みを浮かべながら、明るい声音で言うのだった。

「それじゃ、またね！」

「ん。おう」

「…………」

「…………なんだよ。早く帰れよ」

「いや、早く帰れよ、じゃないでしょ。あんたこそ、何か言い忘れてない？」

「…………」

「言っとくけど憂花ちゃん、あんたがそれを言うまで帰らないから。なんなら、帰さないし。光助がちゃんとそれを言ってくれるまで、あんたをこの部室から一歩も出してやんないからね？」

「……花房さんって、ちょっとばかし意思が強すぎでは……？」

「だから、ほら。早く言った方がお互いのためだよ？」

「…………」

どこか楽しげに、俺をからかうようにそう言う花房を見て、俺は一つため息を吐《つ》く。

でも、これに関してはそもそも、俺が進めてしまった一歩だしな……だから俺は、自分の顔がまた一段と赤くなっているのを自覚しつつも、彼女に言うのだった。

「……ま、またな……」

「ん。またね！」

嬉しげな顔でそう返事をした花房《はなふさ》は、俺に小さく手を振ったのち、扉を閉めて部室を出て行く。……こうして俺は今日、ファンとしての矜持《きょうじ》と引き換えに、あろうことか自分の推しと、ライン交換をしてしまったのだった——。

ちなみに、その日の夜。

俺が家に帰ったら、花房からラインで、

『やっほー』

『憂花《ゆうか》ちゃんとラインできて、嬉しいでしょ？』

というメッセージが届いた。

なので俺は、それを見てニヤついた自分を一度強くビンタしたのち（!?）、これに返信をしてもいいのか、無視したらそれはそれでファン失格じゃないのかとか、色々と考えた結果——ブサイクな猫のスタンプで『ＯＫ！』とだけ、彼女に返事をしたのだった。

もちろん翌日、部室でめちゃくちゃ怒られました。ふえええええぇぇ（泣）。

第二話　推しに告白しました。

「二人共、急に呼び出しちゃってごめんね。——実は今日の職員会議で、文芸部は一体どんな活動をしているんですか？　何もしていないのなら廃部にするべきでは？　という意見が出てちゃってね……なので即急に、活動実績が必要になりました」

花房とライン交換をした翌々日の、放課後。

俺は文芸部顧問である西坂《にしざか》先生に呼び出され、職員室に来ていた。

ちなみに、いまこの場には、同じ文芸部に所属する檜原由女《ひのはらゆめ》もおり……俺達は現在、目の前の顧問から、『ちゃんと活動しないと文芸部が廃部になるかも』と脅されていた。

「活動実績って、具体的にはどんなんですか？」

「それは、文化祭に向けて会誌を作成したり、文芸コンクールに作品を応募したり、って感じかな……二人としては、どっちの活動の方がしたい？」

「それは、どっちの方が楽なんですか？」

「間髪入れずその質問をしてきた夜宮《よみや》には、先生、ちょっとガッカリです」

西坂先生はそう言って、俺に微苦笑を向けてくる。それから、彼女は続けた。

「正直、どっちの方が楽かと問われれば、文芸コンクールかな。私が学生だった頃、文化祭で会誌を作ったことがあったけど、ページを埋めるのにかなり苦労したもの……」

「……つか、先生って学生時代、文芸部だったんですね？」

「意外？　昔の私は丸眼鏡をかけた、三つ編みの文芸部員だったのよ」

マジか。いまの西坂先生を見る限り、文学少女だった感じは全然ないのに……俺がそう思っていると、西坂先生は「んんっ」と一つ咳払《せきばら》いをしたのち、話を元に戻した。

「とりあえず。他の先生方に『文芸部が活動しているところをちゃんと見せてください』って言われちゃったから、何かして欲しいんだけど……じゃあ今後の活動としては、文芸コンクールに向けて作品を作る、ってことでいいのかな？」

「俺は、それでいいですけど……」

言いつつ、隣に立つ彼女の方をちらりと見やる。

半分ほど前髪に隠れた二つの目が、一瞬だけ俺を捉えた。しかし、その視線はすぐさま恥ずかしげに俺から逸らされると、檜原は職員室の床を見つめながら、口を開いた。

「わ、私も！　それでいい、です……」

「了解。それじゃあ、文芸部の今後の活動は、文芸コンクールに作品を提出する、で決定ね。――期日は八月末日までだから、二人はこれから週に二回くらい……そうね、水曜と金曜がいいかな？　それらの曜日は夏休み中も部室に通い、作品を完成させてください」

「え……夏休み中も、部室に……？」

「ええ。部室の鍵はいつも通り職員室にあるから、先生がいない時は勝手に持って行ってくれる？　そして、遅くとも十七時半までには、部室を施錠《せじょう》して鍵を戻してください」

「……あの、西坂先生？　なんでさりげ、文芸部は夏休み中も部活するっぽい感じになってんですか？　別に作品なんて、家で書けばいいんじゃ……」

「これは、先生の経験をもとに話すんだけどね——誰の意見も取り入れずに作りあげた創作物っていうのは、大抵が独りよがりだから。他人のアドバイスを取り入れないと、良《い》いものは絶対に作れない。だからこそあなた達は、夏休み中もちゃんと集まって、お互いの創作物にアドバイスを送り合ってください。——わかりましたか？」

「……はい」「は、はい」

てっきり西坂先生って、他の部活より楽だから、文芸部の顧問をしているだけの人だと思ってたのに……もしかしたら彼女は過去に、いち文芸部員として、創作と真剣に向き合った経験があるのかもしれないと、俺はそんなことを思うのだった。

◆◆◆

それから場所は変わって、文芸部の部室。

俺と檜原は現在、お互いに対面する形で椅子に座り、無言の時間を過ごしていた。

ちらりと、正面にいる檜原の姿を盗み見る。――彼女はどこか、小動物的な可愛《かわい》らしさを持つ少女だった。

「…………」

藍色の混じった黒髪を、ボブカットにしている彼女。前髪は少し長めで、目元が半分ほど覆い隠されている。しかし、そうして全体が見えづらい彼女の容貌は、美人というよりはキュートで……化粧っけはないのに白い肌、赤い唇が印象的だった。体形としては、胸の膨らみが小さく、全体的に小柄。高校生とは思えないほど華奢《きゃしゃ》で、力強く抱き締めたら壊れてしまいそうな、庇護《ひご》欲を搔《か》き立てられる女の子だ。

……いやつか、何で俺は急に檜原を見つめて、こいつ可愛い顔してんなあ、って考えてんだよ。こんなん、彼女からしたら怖すぎるだろ……そう思った俺はだから、檜原から視線を逸《そ》らし、自身のスマホに目を落とす。

そこには、俺がいまさっき調べた、全国高等学校文芸コンクールの応募要項があり、それによると――小説、文芸評論、エッセイ、詩、短歌、俳句、文芸部誌などを、このコンクールでは募集しているとのことだった。

「どれにすっかなあ……」

でもまあ、この中から選ぶなら、やっぱ『小説部門』かね……俺がそんなことを思っていたら、正面にいる檜原がふいに、おずおずとした様子で声をかけてきた。

「な、何やるか、決めた……？」

「……まあ、何となくは。俺はたぶん、小説かな……」

「す、すごい……書き切るの、大変なのに……」

「そうか？　いま調べたら、受賞作も文庫本換算で二十ページぐらいだから、これくらいの文字数ならすぐに書き切れると思うけどな」

何故《なぜ》か小説を選んだだけで檜原が褒めてくれたので、少し調子に乗る俺。まだ小説を一行も書いてないのに何で調子乗ってんだこいつ。

「んー、どんな新作書くかな……アイデアはいっぱいあんだけどなあ」

「す、すごい……」

「やっぱ書くならミステリーかね。それも、閉鎖空間を舞台にしたやつで――そうだな。例えば、絶海の孤島に天才達が集まって、そこで殺人事件が起きる、みたいな……おい嘘《うそ》だろ。いまちょっと考えただけで、とんでもないアイデアが降りてきたぞ！　もしかして俺って、天才なのでは――」

「………そ、それ、『クビキリサイクル』じゃ……？」

「…………ナイスツッコミ。よくいまのがボケだってわかったな」

「え、えへへ……」

俺に褒められ、照れたように笑う檜原。

彼女の可愛らしい笑顔を見られて嬉《うれ》しいけど、俺はそれよりも、自分から出たと思ったアイデアがただのパクリだったことに涙が出そうです。高校生って、自分の好きな作品の影響をモロに受け過ぎだろ……。

思いつつ、俺は一つ息を吐く。気持ちを切り替え、まだ誰もやったことのないアイデアが俺の頭の中にないか、脳内の引き出しを片っ端から開けていたら——突然。

椅子から勢いよく立ち上がった檜原が、大きな声で叫んだ。

「あ、あああ、あの！」

「うお！　ど、どうした……？」

「………す、座るね？」

「お、おお……好きにしろよ……」

自分で勝手に立ち上がり、何故か俺に断ってから、椅子に座り直す檜原。情緒がだいぶ怖かった。なんか頰も赤いし、どっか熱でもあるんじゃないのか？

そんなことを考えながら檜原を見つめていたら、彼女はいきなり、ぱっと顔を上げたのち――どうにも脈絡のない話を切り出してきた。

「よ、夜宮くんは、あの……花房さんと、仲が良いの……？」

「え？　花房？　なんで？」

「な、なんでって、それは……ほ、放課後、いつも一緒にいる、から……た、たまに、私が部室に行ったら……二人で、楽しそうにしてる、よね……？」

「…………」

そういえばおととい、部室の前まで来た檜原が、部室にいる俺と花房を見て、慌てて帰ってしまったことがあった。いま思うとあれは、俺と花房が一緒にいる部室に入りづらくて、だから帰ってしまったのかもしれないな……。

俺はそう思案しつつ、檜原の質問に向き直る。『花房さんと、仲が良いの？』という彼女からの問いかけに、どんな言葉で、どこまで口にするべきか考えながら、俺は答えた。

「わ、悪くはない、と思う……けど……で、でもな!?　仲が良いと言っても、男女のアレとかじゃ全然ないし！　たぶん花房的には、俺なんか『数多くいる友人の一人』ぐらいでしかなくて、だから……ただの友人か、それ未満、なんじゃねえかな……」

「………」

「……ごめん、檜原さん。いま俺、ちょっとだけ嘘ついたわ。――それ未満ってことはないと思う。お、俺は……あいつと、友達だ……と、俺は思ってる……一応な……」

かなりしどろもどろになりつつも、俺はそこまで言い切った。言い切ったけど……言った直後からもう後悔し始めてるんだが⁉　なんだよ、あいつと友達だと思ってるって！　俺は自分の推しと友人関係になったって、そう言い切っていいのかよ⁉

……いやでも、ここで『あいつとは仲良くない』って言ってしまう方が、俺も、花房《はなふさ》も傷つけると思ったから……ここは、頑張ってよかったんじゃねえかな……ごにょごにょした歯切れの悪い言い方は、陰キャ感丸出しでキモかったけど！

そうして、俺の発言がどうだったのか不安になり、檜原の様子を窺《うかが》ったら――彼女は少しばかり儚《はかな》げな表情を浮かべつつ、ふいに立ち上がる。それから、「か、帰ります」とだけ言い残すと、彼女はどこか慌てた様子で部室を後にするのだった。

「ど、どういう質問だったんだ、いまの……」

というか、放課後の文芸部室に花房が遊びに来てること、檜原は知ってたんだな……花房が俺みたいな陰キャと一緒にいる事実を学校内で広めたくないから、できればクラスの連中にはこのことを言わないで欲しいんだけど、檜原は黙っててくれるだろうか……。

思いつつ、スマホいじりを再開した俺は、無料公開されている昨年の文芸コンクール受賞作をダウンロードする――。

さてさて、並の高校生が書いた並の受賞作は、どんなもんですかねえ？　どうせ『てにをは』もあんまり綺麗《きれい》じゃない、俺がブログで書いてるような文章には遠く及ばないんだろうけど？　まあ、時間つぶしに読んでやりますか……。

そうして文芸コンクール受賞作を読むこと、十数分後。

「あばばばばばばばばばば」

俺は空想上のおしっこを漏らしながら、空想上の泡を吹いて気絶しかけていた。

やばい、真剣に文芸と向き合ってきた高校生、マジやばい……俺だって一応はブログを続けているし、だから文章力が低い訳では決して無いのに、現状では勝負にすらならないことがわかった。――地に足が着いた話の展開。静かな、けれど確かなキャラクター達の成長。それらをしっかり描いているのに加えて、文章力が俺と同年代くらいの少年少女のものとは到底思えなかった。下手すりゃそこらのプロより文章力あるだろこれ……！

というか……え、うそ。俺が文芸コンクールの小説部門で受賞するには、このレベルの作品を書かなきゃならねえの？　おいおい、マジかよ。

……ちょっとばかし燃えてきたなおい。

「ふ、ふふふふ……いいぜ、やってやろうじゃねえの。文章力では負けてるとしても、俺のこの高校生離れしたアイデアと発想で、全国の文芸部員をねじ伏せてやるよ……！」

どうでもいいけど、アイデアと発想ってほぼ意味同じじゃね？

こうしてこの日、この瞬間——少しばかり語彙力に不安のある、天才高校生作家（自称）が、ここに爆誕したのだった！

とりあえず、ペンネームは何にしよっかなー。舞城王太郎《まいじょうおうたろう》みたいな、バチクソかっけえ名前がいいなー、とか考えていたら、がらら、と。部室の扉が開く音がした。

遅れて花房が部室に来たのだろうかと、そう思った俺がそちらに視線をやったら、そこには——「はあっ、はあっ、はあっ……」と、何故か息を切らしながら、どこか決意の籠った瞳で俺を見つめる、檜原《ひのはら》の姿があった。

それから、彼女は力強い足取りでこちらに歩み寄ってくると、俺から少し距離を空けた場所で止まる。未だ肩で息をする檜原は大きく深呼吸をしたのち、赤らんだ顔で叫んだ。

「よ、夜宮《よみや》くん！　立ってください！」

「は、はい！」

バグったボリュームで叫ぶ檜原に促され、俺は慌てて椅子から立ち上がる。すると、檜原は「ちょ、ちょっと待っててください！」と言いつつ、前髪についていたヘアピンを慌てた様子で外した。な、なんだよ急に……お前、さっき帰ったんじゃなかったのかよ？

　そうして、檜原は長い前髪を束ねると、それをアップにしたのち、改めてヘアピンで前髪を固定した。──淡い茶色をした、両の瞳が晒《さら》される。やっぱり可愛らしい顔立ちだなこいつ、とか思いながら彼女を見ていたら、檜原が両手で自身の顔を覆って「うう……」と呻《うめ》き始めた。顔を見せたいのか見せたくないのか、よくわかんねえな……。

　しばらくして、檜原は顔を覆っていた両手を外すと、震える左手で制服のスカートの裾を摑《つか》む。そして、潤んだ瞳を俺に向けながら、か細くも力強い声で、告げるのだった。


「あ、あの、えっと……わ、私、夜宮くんのことが──好き、だよ！」

「…………は？」


　瞬間、俺の思考がフリーズする。

　一方、そんな発言をした檜原はというと、赤らんだ頰をより一層赤らめながら──「や、やたっ！　言えたっ！」と小さくガッツポーズを取っていた。

　……呆気《あっけ》に取られた俺が何も言えずにいたら、彼女は両手を前に出してぶんぶんするという、わかりやすくうろたえた動作をしながら、こう続けた。

「あっ、あのっ……！　こ、これは別に、夜宮くんと付き合いたいから、しゅ、しゅきって言った訳じゃなくてねっ⁉　そ、そうじゃなくて、言いたいから言っただけ！　だから、返事とか、いらないからね！」

「い、いやあの、檜原さん……？」

「じゃ、じゃあ、そういうことで！」

「な、ちょ――檜原さん⁉　もう帰んの⁉　俺まだ、事態が全然飲み込めてねえんだけど⁉　あなた、これ以上なんの説明もなしに帰る気ですか⁉」

「じゃ、じゃあね！　ばいばい！」

檜原はそれだけ言うと、俺から逃げるみたいに部室を飛び出し、廊下をだだだーっと駆けていった。当然、そんな彼女からもっと詳しい話が聞きたかったけど――俺の足は動かない。檜原から突然渡された言葉が処理しきれなくて、俺はその場から一歩も動けずに、ただ立ち尽くすのみだった。

「ちょ、ちょっと、意味が……意味がわかんな過ぎんだけど……！」

自身の頬が熱くなっていることだけは自覚しつつ、俺はそう漏らす。

こうして俺は今日、生まれて初めて――女の子に愛の告白をされたのだった。

……は？　なんで？

第三話　推しと心理テストをした。

あ……ありのまま、今起こったことを話すぜ！

『俺は昨日、ほとんど話したことのない、同じ部活に所属する女の子に、告白された』

な、何を言っているのかわからねーと思うが、おれも、何をされたのかわからなかった……あれから家に帰っても、「え？　さっきの出来事って夢？　じゃあ俺いま夢見てる状態なのこれ？」ってなって現実感がなかったし、だから夕ご飯も味がせず、布団《ふとん》に入っても目がバッキバキに冴《さ》えて、三時間しか寝れなかったよ……。

そもそもの話、檜原が俺を好きになった理由というのが、全くわからない。

俺と檜原は確かに、同じ文芸部に所属している、部活仲間だ。

でも、彼女はいわゆる幽霊部員であり、俺と部室で会話を交わした経験なんて数える程しかなかった。つまるところ、俺達は没交渉だったのだ。だから俺は彼女のことをあまり知らないし、であれば当然、彼女も俺のことをよく知らない筈《はず》なんだけど――。

それなのに、好きと言われた。

いまでも一言一句思い出せる……言葉だけじゃない。彼女がそれを言った時の情景も、はっきりと覚えていて――赤らんだ頬、スカートの裾を摑む手、泣き出しそうな瞳。彼女にそれを告げられたあの一場面が、脳裏に焼き付いて離れなかった。

『あ、あの、えっと……わ、私、夜宮くんのことが――好き、だよ！』

……女の子にそう言われて、素直に嬉《うれ》しいという気持ちもあったけど、それよりも先に立つ感情はやっぱり、どうして、という戸惑いだった。

俺のことをよく知らない筈の、よく知らない女の子からの告白……じゃあつまり檜原さんは、俺という男を性格ではなく、外見的な部分で好きになってくれたんだろうか？

いや、それこそ冗談だろ！　……だって俺だぞ？　将来はこの顔面のせいで就活に不利になる予定の俺を、見た目で好きになる訳ないだろ！　うぬぼれんな！

……だからまあ、いまのところは普通に、告白自体が嘘《うそ》、というのが一番現実的なんかな。でも、あの時の檜原は決して、嘘をついてるようには見えなかったけど――。

「ちょっと光助《こうすけ》！　憂花《ゆうか》ちゃんの話聞いてた？」

「え……あ、ああ。もちろん聞いてたぞ？　――確かにシリーズ化した洋画って、一作目で恋仲になったヒロインを、今後の展開に邪魔だからって、二作目で殺しがちだよな」

「いきなり何の話してんのあんた。そんな話してなかったんだけど？　ぼーっとしてんなよおい」

花房は若干怒ったような顔でそう言うと、俺の肩を軽くパンチする。……あんまし大きい声じゃ言えないんだけど、俺、女の子にこうやって軽く肩パンされんの、案外嫌いじゃないです……悔しい、でも感じちゃう……！（喜びを）

夏休みまであと三日と迫った、放課後の文芸部室。

普段通り俺の隣の席に座る花房は、一つ大きなため息を吐《つ》きながら、言葉を続けた。

「だーかーらー！　夏休みに入ったら憂花ちゃん、まんさきのアルバム制作でスケジュール取られちゃうから、あんたとあんま会えないかもって言ってんの！」

「あ、ああ、その話な……まんさきのアルバム、すっごい楽しみだ……！」

「や、取るリアクション間違えんなし。まんさきファンとしてアルバム制作を喜ぶより先に、夏休み中は憂花ちゃんとあんま会えないことをもっと悲しみなって」

「べ、別にー？　夏休みなんだし、級友と会わないのは普通だろ」

「……で？　本心は？」

「会えなくて寂——おらっ！」

「ちょ、いきなり自分をビンタしないでくんない!?　心配するじゃん！」

ファンとしてあるまじき発言をしようとした自分に鉄拳制裁を加える俺を見て、花房は慌てた様子でそう言った。……いやほんと、いまのはマジでねえわ……。

そんな風に俺が反省していると、花房《はなふさ》は悪戯《いたずら》っぽい笑みを浮かべながら、こう続けた。

「ふふっ。でも、そっか……本心ではそう思ってくれてるんだ？　ふうん。へえー……あんたってほんと、憂花ちゃんのこと好きだよね？」

「あ、ああ、好きだよ……まんさきのＵ－Ｋａ《ゆうか》がな！」

「はいはい、いつもの照れ隠しとかいいから。――てか最近気づいたんだけど、仮面を被《かぶ》った姿とはいえ、まんさきのＵ－Ｋａだって憂花ちゃんでしょ？　ということは、あんたがいつもまんさきのＵ－Ｋａに言ってる『好き』は、憂花ちゃんに言ってるのと同じなんじゃないの？」

「いや、それは違うぞ花房さん。まんさきのＵ－Ｋａは、花房さんがまんさきのボーカルとして活動する際に演じているいちキャラクターであって、花房さん自身じゃ決してないんだよ。アニメのキャラと、それを演じる声優さんは同一人物じゃないだろ？　――そういう訳だから、そんなまんさきのＵ－Ｋａに失礼なこと、二度と言わないでくれるか？」

「まんさきのＵ－Ｋａに言ってんのこいつ。……光助はほんと、いつになってもその辺、頑《かたく》なだよね……あんたのせいで、憂花ちゃんだんだん、光助にこんなに好きになってもらえる『まんさきのＵ－Ｋａ』にムカついてきてんだけど……」

「……ちょ、ちょっとよくわかんない嫉妬心ですねそれ……」

花房の謎発言を受け、俺はつい顔を赤らめながらそう返事をする。……と、ともかく。

俺は彼女に伝えておかなきゃいけない話として、とある話題を持ち出した。

「そういや俺の方も、夏休みは文芸部員として、文芸コンクールとかいうやつに参加しなくちゃいけなくなったから、ちょっとバタつくかもな……」

「文芸コンクール？　なにそれ、面白そうじゃん。作品が完成したら、憂花ちゃんにも見せてね。そしたら忌憚《きたん》のない感想を言ってあげるよ」

「……お前の場合、マジで忌憚がなさそうで怖いよな……俺が必死になって書いた小説を一応は読んでくれたあとで、本当に不愉快そうな顔で『つまんない。ゴミ』とか言いそう……一作目でそんなこと言われたら俺、もう二度と小説なんか書けねえよ……」

「あはは、確かに。だから光助は頑張って、最初から面白いもの書きなよ？」

「……いやこの場合、努力すべきはお前の方だろ。頑張って嘘でも褒めるんだよ！」

「残念でしたー。憂花ちゃん、こういう時に甘やかしてくれる女の子じゃないから。憂花ちゃんはあんたにちゃんと期待するし、期待に応えなかったら――『何やってんの？　ガッカリなんだけど』って言う子だからね」

「きっつぅ……俺みたいなオタクは、嘘でも甘やかして欲しいのに……！」

「――でも、もうあんたのそばからは、いなくならない。そこは安心していいよ。私はずっとあんたの隣で、あんたに期待し続けてあげる。あんたが頑張らなかったらケツを蹴り上げてあげるし……いつか結果が出たその時には、ちゃんと褒めてあげるね」

「………」

何というか、自分の真ん中に芯があり過ぎる女だった。まんさきとして俺達より一足先に社会に出てるからなのか、価値観が女子高生のそれとは思えねえな……。

そんなことを考えながら俺が黙り込んでいたら、花房は少し頬を赤らめて――「ちっ。また話し過ぎた……い、いやでも、憂花ちゃんは肩こりと向き合うって決めたんだし、だから話し過ぎるくらいがちょうどいいのかも？」と、独り言を零《こぼ》すのだった。

「つか、話戻すけど――文芸コンクールに参加するってことは、じゃあ夏休み中も、この部室に来たりすんの？」

「あ、ああ……毎週、水曜と金曜の午後一時過ぎぐらいから、ここで部活する予定だな」

「そっか。じゃあ憂花ちゃん、時間があったら、あんたに会いに来よっかなー」

「……いや、まんさきのアルバム作るんだろ？　そっちに集中しろよ」

「確かに憂花ちゃんも、この夏は忙しいかもだけど……でもそれは、夏休み中はあんたと会うのを諦める、ってことじゃないからね？　――憂花ちゃんはどんなに忙しくても、ちゃんとあんたに会おうとするから。だから、あんたに会おうとする憂花ちゃんをあんたが拒否したりしたら、憂花ちゃん許さないよ？」

「……べ、別に、勝手に部室に来るぶんには、構わねえよ……」

「うん、行く。一ヵ月も会わないなんて、絶対やだし」

花房は頬を朱色に染めつつ、そう言って微笑する。……こうして花房と一緒にいる時間が増えれば増えるほど、花房が素直になる瞬間も増え始めているのが、こちらとしてはめちゃくちゃやりづらかった……男の頬を赤らめさせて、何が楽しいんだよ……。

思いつつ、俺は改めてパソコンの画面に向き直り、そこに表示されている真っ白なワードを睨《にら》みつけた。女とイチャついてないで仕事しろ、仕事。そんなんじゃ文豪になんかなれねえぞ——と思ったけど、そういえば文豪ほど女とイチャついてる事実に気づき戦慄した。おい嘘だろ。文豪になるにはまず、嫁や愛人を作らないとダメなのかよ……？　ですが太宰《だざい》先生！　いまの時代浮気《うわき》なんかしたら、すぐにネットで叩《たた》かれちゃいますよ⁉

そうして、俺が文芸コンクールに出す用の小説を書けないでいると、唐突に。

花房が「んん！」と謎の咳払《せきばら》いをしたのち、よくわからんことを言い出した。

「ねえ光助。心理テストやらない？」

「は？　心理テストって……お前、そういうの信じてんの？」

「ううん、信じてないよ？　心理テストなんか、憂花ちゃんが信じてない事の最たるものに決まってるでしょ。ええ……あんたまだ全然、憂花ちゃんのことわかってないじゃん」

「いやいや、わかってたっつうの……そうじゃなくて、花房さんってそういうのを信じてなさそうなのに、なんで『心理テストやらない？』って言ったんだろうと思ってな」

「いや別に？　こんなん、ただの暇つぶしだし？　実は姫《ひめ》ちゃんが最近、心理テストにハマっててさ、お昼休みによくやるんだよね。まあ信憑《しんぴょう》性はともかく、これを光助とやったら面白そうかなーって、何となくそう思ったから。――はい、これ。これに書いて」

　学生カバンからメモ帳を取り出し、その一枚をちぎって俺に手渡しながら、花房はそう言った。ちなみに、そのメモ帳の端には、ブサイクな牛が「モーたいへん」と吹き出しで喋《しゃべ》っているイラストが描かれていた。俺の推し、メモ帳のセンス酷《ひど》くない？

「つか、俺別にやるなんて一言も言ってないのに、もうやることになってんすね……」

「じゃあ今回は、憂花ちゃんもまだ答えを知らないやつでやろっかな。それなら、憂花ちゃんも一緒にできるしね」

　花房はメモ紙を自分用にも一枚千切ったのち、スマホをぽちぽちいじり始める。しばらくして「あ、これがいいかも」と呟《つぶや》いた彼女は、楽しげな声音でこう続けた。

「ピンク、イエロー、オレンジ、ブルー……この四色からイメージする異性の名前を、一人ずつ書いてください！」

「……先生。四人もイメージできる異性がいません」

「心理テストが始まる前から躓《つまず》いてどうすんのよ。そこはほら、臨機応変にやんなって」

「心理テストが陰キャお断りコンテンツだってことが、始まって数秒で露見してしまったな……」

俺はそう愚痴りつつも、花房に言われた通り、彼女から貰《もら》ったメモ紙に、それぞれの色に対応した異性の名前を書いていった。……いやつか、異性の名前をメモに書くの、すげー恥ずいんだけど！　やっぱ心理テストって、陽キャ専用コンテンツなのでは？

「書けた？」

「……一応は」

「ん。回収しまーす」

「あっ！　……これ、回収されるって聞いてなかったんだが？」

「じゃあ、答えいくよ？　まずはピンク……『春を想起させるピンクは、あなたが恋人になりたいと思っている人です』だって！　光助のピンクは――――おい」

「俺は悪くない。悪いのは心理テストだろ」

不満げな顔の花房が、俺が書いたメモ紙をこっちに見せてくる。そこに書かれている、俺がピンクでイメージした異性は――俺の妹、ひかりだった。

心理テスト曰《いわ》く、俺は妹に性的欲求を抱くクソヘンタイらしかった。

「……最悪。シスコンじゃん」

「馬鹿お前。妹が可愛《かわい》くない兄などいねえから！」

「いや、否定しなよ……じゃあ次、イエローね。『夏を想起させるイエローは、あなたがいい友達だと思っている人です』——西坂《にしざか》先生って、あんたにとって友達なの？」

「足りなかったんだよ、イメージできる異性が！」

イエローの西坂先生は、もう完全に穴埋め要員だった。すんません先生。でも俺、あなたの名前を書かなかったら、俺のお母さんに出張ってもらうしかなかったんで……。

頭の中でそう言い訳していると、花房は気を取り直すように続けた。

「はい次！　オレンジ！　『秋を想起させるオレンジは、気になっているけど、片想《かたおも》いで終わりそうだと思っている人です』……うわっ、ここで憂花《ゆうか》ちゃん⁉」

「…………」

「なんでここに憂花ちゃん書くかなあ……！　諦めんなよ！　もっと熱くなれよ！」

「お、お前は松岡○造さんかよ……」

俺はそうツッコみつつ、花房がいま言った言葉を、脳内で反芻《はんすう》する——。

気になっているけど、片想いで終わりそうな人。

……もしかして心理テストって、意外と馬鹿にできなかったりする!? もちろん俺は花房のことが異性として好きな訳じゃないし、だから正解では決してないんだけど、あながち的外れでもなさそうなのがすげえ嫌だわ……!

そんな風に俺が動揺していたら、頬を桜色に染めた花房が、どこか嬉《うれ》しそうににやにやした顔で俺を見ながら、口を開いた。

「でもあんた、憂花ちゃんのこと、気になってはいるんだ……ふうん……」

「……い、いやこれ、ただの心理テストだから。花房さんもさっき『信じてない』って言ってただろ……」

「まあでも、ここで憂花ちゃんが出てくるなら、信じてあげなくもないけど?」

「心理テストにツンデレるなよ。訳わかんねえぞそれ……」

俺のそんなツッコミに、少しだけ笑う花房。次いで、彼女は俺から顔を逸《そ》らすと、ぽしょりと小さな声で、こんな独り言を呟くのだった——。

「本当はピンクで選ばれたかったけど、想われてるなら上々かな……ふふっ」

……あの、小声なのはありがたいんだけど、独り言を呟くならもっと、相手に聞こえないくらいのボリュームでやってくんねえかな……。

「さて! それじゃあ最後ね。『冬を想起させるブルーは、一緒にいて落ち着く、あなたが結婚したいと思っている人です』って……え？　なにこれ。これが一番いいじゃん。つか、ここに書いてあるの、憂花ちゃんじゃなくて――」

「…………」

そこに書かれていたのは、《檜原由女《ひのはらゆめ》》という女の子の名前だった。

もちろん、一緒にいて落ち着くとか、結婚したいとか、そんな思いは一切ない。ただ、昨日のことがあって、彼女の名前を頭の中から追い出せなかった俺は、だから……最後の最後で、檜原の名前をメモ紙に書いてしまったのだった。

そうして、変な沈黙が一瞬だけ訪れる。次いで、不愉快そうに眼《め》を細めた花房《はなふさ》は、俺のことをじっとりねめつけながら、こう言った。

「……檜原さんって、あれだよね。うちのクラスにいる、文芸部の幽霊部員でしょ？　その子の名前がなんで、ここに書いてあるわけ？」

「そ、それはほら、俺の知ってる異性が、それしかいないだけで――」

「別に母親の名前でも何でもいいじゃん。他にも、私の友達の姫ちゃんやほっしーの名前だってよかったし。――でもあんたはそうしないで、『結婚したい子』のところに、檜原さんの名前を書いた。これって、あんたがこの子を意識してるってことじゃないの？」

「まあ、意識してないって言ったら、嘘《うそ》になるけど……」

「……ちょっと待って。否定しないの？　……なんでよ。檜原さんとあんたは、仲良くもなんともないんでしょ？　それなのにどうして、意識なんかしてるわけ？　どういうきっかけがあれば、ここで檜原さんの名前が出てくるのよ」

「そ、それは、あの……」

「もしかしてあんた、浮気とかしてる？」

「誰とも付き合ってないのに浮気とはいったい……？」

俺がそうツッコんでも、花房は険しい表情を崩さない。とん、とん、とん、とん、と。彼女の人差し指が苛立《いらだ》ちを表すようにテーブルを叩く。……纏《まと》う雰囲気がクソ怖かった。犯罪者に取り調べをするベテラン刑事かな？

そうして、居心地の悪い沈黙がしばらくあったあとで、俺は——現状、俺としても持て余している事実を、未だ不機嫌そうな顔の花房に、零してしまうのだった。

「……実は俺、昨日、檜原さんから告られてさ——」

「…………は？」

「い、いや、俺もよくわかんねえんだよ！　俺と彼女の間に、恋が芽生えるような何かは絶対になかったし！　だから、なんで告白されたのかもよくわかんなくて……でも、好きって言われたら、男はバカだから意識しちゃうだろ？　その結果が、この……心理テストで名前を書いた理由というか……」

「はあああああああああああああああああ⁉」

椅子から立ち上がり、爆音でそう叫ぶ花房。窓ガラスが割れて吹き飛ぶかと思った。

それから彼女は、片手で自分の顔を覆うと、ぶつぶつと独り言を漏らし始めた。

「……え、意味わかんない意味わかんない。光助《こうすけ》が告白された？　檜原さんに？　――なんで？　だってこいつ、顔なんか全然カッコ良くないのに。性格だってめんどいし、女の子の扱いもめっちゃ下手で、困ってる憂花ちゃんを助けられないくらい無能なんだよ？　でもそんな不器用なところが、憂花ちゃんは愛《いと》おしいと思ってて――だけどそんな光助を知ってるのは憂花ちゃんだけだから、こいつが他の女の子からモテたり好かれたりする訳ないのにどうして檜原さんにコクられてんのよあんたは！」

「いやいつの間に俺が責められてたんだよこれ⁉」

いきなり顔を上げて俺に怒鳴った花房に対して、俺はそうツッコんだ。独り言から急ハンドルを切って俺にキレてくるなよ……心臓がビックリしちゃうだろが……。

俺がそう戸惑っていると、未だ混乱した様子の花房が、言葉を続けた。

「な、なんなのよマジで……え？　つかあんた、今年の夏は文芸コンクールに作品を応募するって言ってたよね？　そのために、夏休み中も部活に出るって――ちょちょちょちょちょっと待って！　檜原さんはこの夏、部室に来たりすんの⁉」

「さ、さあ……今日は来てないから、今後も来ないかもしんねえけど……」

「で、でも、来ないとは言い切れないでしょ⁉」

「……それは、まあ……」

「…………い、いちゃいちゃちゅっちゅするんだ……」

「は？」

意味のわからない、子供っぽいワードが花房の口から出たことに、ついそんなリアクションを取る俺。そしたら花房は、だんっ！　っと床を強く踏みつけながら、こう叫んだ。

「ゆ、憂花ちゃんがまんさきのアルバム制作のせいであんたと会えない間、あんたはこの部室で、檜原さんといちゃいちゃちゅっちゅする気でしょ⁉　ふふふふふざけんなし！　あんたはもう、憂花ちゃんのものなのに！　な、なんで……なんで憂花ちゃんがこんな気持ちになったタイミングで、あんたのそばに変な女が現れちゃうのよ！」

「は、花房さん……と、とりあえず落ち着けって……」

出ちゃってる！　お前がプライドやら何やらで必死に蓋してたもんが、声となって出ちゃってるから！

俺がそう内心で慌てていると、花房はまた顔を俯《うつむ》けて、ぶつぶつと何かを言い始めた。

「そ、そんなの、憂花ちゃんだって……憂花ちゃんだって――‼」

「……ゆ、憂花ちゃんだって、なんだよ？」

なかなか言葉が前に進まないことに業を煮やし、俺はそう尋ねる。

すると、彼女は乱暴な手つきで学生カバンを引っ摑《つか》んだのち、部室の扉へと駆け出しながら、こう泣き叫ぶのだった――。

「憂花ちゃんだって、こ、光助と、もっともっといちゃいちゃちゅっちゅしたいのにいいいいいぃぃぃ！　うわあああああああああんっ！」

そうして、ぴしゃ！　と閉められる部室の扉。

それから、廊下を凄《すご》い勢いで駆け抜ける足音と共に、花房の「うわああああああああんっ！」という怪獣のような咆哮《ほうこう》が、部室の中まで漏れ聞こえてくるのだった。

「…………お前はほんと、花房憂花という一人の女の子でしかないくせに、色んな一面を持ち過ぎだろ……多面体サイコロかよ……」

まんさきのU－Ka《ゆうか》として、カッコよく仕事をこなす彼女。

花房憂花として、女王様気質な自分を隠そうともしない彼女。

そして、これまでもその片鱗《へんりん》を見せていたけど、まさにいま俺が目撃した——俺の与《あず》り知らぬ感情に振り回されて、ポンコツ化する彼女。

……そんな彼女を可愛らしいと。そう思ってしまっている俺はやっぱり、まんさきファンの風上にも置けない野郎だった。花房と一緒にいればいるほど、彼女のファンとしての自分を貫けなくなってんな、俺……いやほんと、最低な男だよ……。

何が最低って、こうやって花房と一緒にいられる毎日を、楽しいと。

ファンとして間違っていることを自覚してるくせに、彼女と一緒にいられて嬉しいと思う自分を全く抑えられていないのが、本当に最低だった。

——ちなみに、これはちょっとしたオチだけど。

このあと部活を終えた俺が、家に帰ろうとしたら……先程まで花房がいたテーブルの上に、彼女が心理テストに使ったと思《おぼ》しきメモ紙が置かれているのを見つけた。なので俺はそれを、部室のゴミ箱に捨てようとしたけど……不可抗力。そう！　ゴミ箱にそれを捨てる際の不可抗力で、そのメモの中身を見てしまったら、そこには——。

《ピンク　光助

イエロー　夜宮《よみや》

オレンジ　夜宮光助

ブルー　いまこれを手に持ってるあんた》

と書かれていた。……うわー、あざとい！　これ、あとで俺に見せるつもりでこう書いただけで、真面目に心理テストをしたらこの結果になった訳じゃないだろ、と思いながらメモを確認していたら、このメモ紙の端の方に――。

《オタクって、一途《いちず》な女の子が好きなんでしょ？
よかったね、憂花《ゆうか》ちゃんが一途で♡》

と、丸文字でそう書かれているのを見つけるのだった。……な、なんじゃこの女！　オタクはこういうあざといことをされたら、すぐ好きになっちゃうって知らないのかよ！

俺は内心でそんな悪態をつきつつ、学生カバンからクリアファイルを取り出す。

……ファンとしての正しさなんか、いまはどうでもいい。とにかくこのあざといメモを保管したい感情に駆られた俺は、花房が書いたメモ紙をそっとクリアファイルに入れたのち、学生カバンに仕舞うのだった――あとはもう、このキモすぎる行為が何らかの犯罪に引っ掛かっていないことを祈るばかりです。

第四話　推しとちょっとだけ会話しました。

ジー、ジーという蟬《せみ》の輪唱に夏の到来を感じる、七月末日。

「あっつい……地球、ちょっと温暖化しすぎだろ……みんなもっとエコしろよ……」

俺は自分のことを棚に上げてそうぼやきながら、校舎の階段を上っていた。

というか、せっかく夏休みに入ったっていうのに、こうして学校に来てんのがおかしいんだよなあ……一応は自由登校だから、部活をサボってもいいっちゃいいんだけど。

「彼女に、聞きたいこともあるしな……」

俺はそう呟《つぶや》きつつ、文芸部室の扉の前に立つ。

職員室に部室の鍵がなかったので、彼女が既に中にいる事実に少しばかり緊張してしまいながら、俺は——がらら、と扉を横に滑らせた。

「あ……こ、こんにちは……」

「……お、おう」

本棚の前に立つ檜原に、俺はそう、ぶっきらぼうな返事をする。

どうやら今日の彼女は、あの告白の時みたいに前髪をアップにはしていないようで、普段通り、長い前髪を前に垂らし、その綺麗《きれい》な瞳を半分ほど隠していた。

そんな彼女を見やりつつ、俺はいつもの席、パソコン前の椅子に座る。……部室に一つしかないパソコンを俺が占領しててていいのか気になったけど、檜原《ひのはら》の荷物はパソコンの席から斜め前の席にあるから、気にしないでよさそうか？

そうして俺がパソコンの電源を入れ、ぶうううん、というやかましい音を立てていたら、檜原はこちらに向かってとっとこ駆け寄ってくる。ハム太郎かな？

次いで、彼女は俺の隣の席に腰かけると、俺を見つめて照れたように「えへへ」とはにかんだ。……いやあの、お前の荷物、向こうに置いてありますけど？　俺が来るまで明らかにあそこに座ってたっぽいのに、何故《なぜ》檜原さんはいま、俺の隣にいるんですかね……。

俺はそう思ったけど、その理由は、少し考えれば明白で――。

『あ、あの、えっと……わ、私、夜宮くんのことが――好き、だよ！』

もしこの言葉が本当なら、好きな人の隣に座りたいと思うのは、当然のことだった。

「…………」

彼女から視線を切り、パソコンに向き直る。

でもやっぱり俺は、檜原に告げられたそれを、未だ心から信用はできずにいた……あの告白がまるっきりの嘘《うそ》だとも思わないけど、それでも――何か彼女なりの裏があるんじゃないかと、そう疑ってしまう気持ちを捨てきれない。

だから俺はこれから、いま俺の隣に座る彼女に対して、どうして俺を好きになったのか――本当に俺のことが好きなのか。そこら辺をちゃんと、言葉にして尋ねなきゃならないんだけど……あの、一個だけ聞いていい？

女の子と話すのって、どうすればいいんだっけ？

「「…………」」

ジー、ジーという蟬が奏《かな》でる夏の音だけが、二人きりの部室に響き渡る。

お、おかしい……俺はここ最近、不本意ながら俺の推しとめちゃくちゃ会話をしたので、その結果、女の子と普通に会話できる男にメガシンカしたと思ってたのに……！

ただ、よくよく考えてみれば、これも当然だった。

だって俺は、花房《はなふさ》さんが俺と喋《しゃべ》る努力をしてくれていたから、彼女と話せていただけで……そりゃあそんな奴《やつ》が女の子と会話できるようになる訳ないよな！　ガハハ！　ガハハで済む話じゃないんだよなあ……。

そうして、告白の件についてどう尋ねたらいいのか、俺が悩んでいたら……檜原はふいに立ち上がり、自分の荷物がある方に移動する。次いで、彼女は学生カバンを持って俺の隣の席に戻ってくると、そこからマーカーと本を取り出した。

ソフトカバーの本を机に置き、ピンクのマーカーを手に持つ。ちなみに、その本の表紙にはデカデカと、こんな題字が記されていた。

『男を騙《だま》せ！　必殺、女の惚《ほ》れさせテク！』

うわあ、胡散臭《うさんくさ》え……。

つか、あなたはこれを読んで、いったい誰を騙す気なんですかね……？

そんな感想を抱く俺を尻目に、檜原は早速それを読み始める。そのうち、彼女は参考になったと思しき箇所にマーカーを引き始めたけど……とあるページの一行目から最後の行までマーカーを引いたので、それ意味あんのかよって思いました。

そうしてしばらくその本を読み込んだ檜原は、読みかけのページに栞《しおり》を挟み、最後のページに飛ぶ。するとそこには、メモ書きスペースみたいなものが用意されており――。

《□　気になる異性に話しかける

□　会話を盛り上げる

□　ボディタッチをする》

といった感じで、男を惚れさせるために実行すべきＴｏ　Ｄｏリストが、それをクリアした時にチェックする用の空欄と共に並んでいた。

「…………！」

それを見て、ぐっ、と拳を固める檜原さん。彼女は前髪で半分隠れてしまっている瞳に強い決意の炎を宿しながら、一度強く頷《うなず》いたのち、俺に向き直る。

それから、少しばかり震える声音で、彼女は言うのだった。

「きょ、今日は暑いですね！」

「あ、ああ……そうだな……」

「「…………」」

そして落ちる沈黙。……これ、中身がなさすぎて、何も話してないのと同じでは？

しかし、檜原はそれを気にした風もなく、むしろ満足そうな顔で額の汗を拭うと、手に持ったマーカーで意気揚々と、ＴｏＤｏリストにチェックを入れた。

《☑ 気になる異性に話しかける》

いや話しかけはしたけど！

もちろん間違ってはいないんだけど、それはただ間違っていないだけというか！

俺がそう内心でツッコんでいると、檜原はそのまま、少しだけ悩むように小首を傾《かし》げつつも、すぐ横の項目にもシュッ、と。小気味いい音でマーカーを走らせた——。

《☑ 会話を盛り上げる》

会話なめんなよお前。

いまので盛り上がってる判定なら、世界中のどんなしょうもない会話だって盛り上がってる判定になるわ。俺と妹が昨日した、「ねえ、お兄ちゃんのジュース飲んでいい？」「ああ」という会話だって盛り上がってることになるわ。会話なめんなよお前（二回目）。

それから、檜原はぱたん、と本を閉じると、「ふう……」と一つ息を吐いた。

次いで、彼女は学生カバンからワイヤレスイヤホンとスマホを取り出すと、イヤホンをスマホに接続させたのち、YouTubeで動画を観始《み》める。――どうやら観ているのは芸人さんのコントのようで、時折「ふふっ」と忍び笑いを漏らしながら、檜原は楽しそうに動画を観ていた。どうでもいいけど、文芸コンクール用の作品は書かないんですかね？

俺はそう思ったけど、そういえば俺もまだ小説を一行も書いていないので、あんま他人のことは言えなかった。本気で入賞を狙うなら、早く書き始めねえとな……。

確か、文芸コンクールの締め切りは八月末日だから、期限としてはあと三十日くらいしかないし――え？　あと三十日もあんの？　じゃあ今から頑張る必要なくね？　なーんだ、小説読ーもうっと！

そう思った俺は傍《かたわ》らの学生カバンから、読みかけの本――『煙か土か食い物』を取り出し、読み始める。うっひょお！　この文章のドライブ感、たまんねえぜ！

……え、なんですか？　本なんか読んでないで早く書け？　残念でしたー。小説を執筆するためにはそれこそ、こういうインプットが大事なんですー。つまり俺はいま、本を書くために本を読んでるんですー。作業の邪魔をしないでくださーい。……喋り方ムカつくなこいつ。いいからアウトプットしろ馬鹿。

自分自身にそうツッコみつつも、俺は小説のページを繰る。

……檜原に聞くべきこともあるのに、そういう『すべきこと』から逃げるように、しばらく本を読んでいたら——動画を観終えたらしい檜原が、今度は学生カバンから筆箱とルーズリーフを取り出すと、「うーん……」という悩ましげな吐息と共に、ルーズリーフに何かを書き始めた。

《俳句……できなくはない？

エッセイ……さくらももこ先生のエッセイ大好き！

小説……大変そう。無理。

詩……簡単そう！》

どうやら文芸コンクールのどの部門に応募しようか、自分の考えをルーズリーフに書き出しているらしい。つか、何故かエッセイのとこだけ、ただの感想なんだけど……。

それから檜原は、端っこに下手なライオンの絵を描いたりしたのち（集中力の続かない子供かお前は）——「んー……」と呻《うめ》きながら、ひとまず俳句を書き上げた。

それでは見て頂きましょう。

我らが檜原大先生の、渾身《こんしん》の一句がこちらです――。

《たべたいな　水ようかんが　たべたいな》

俳句なめてんのかこいつ。

しかし、彼女自身もこれが駄作だということには気づいているようで、檜原は「んんー」と小首を傾げながら、その俳句にしゃっしゃと二本線を引いて消した。うん、それがいいな……この一句で、お前には俳句のセンスが絶望的にないことがわかったから、檜原はエッセイや小説を書いた方がいいと思うぞ！

俺が内心でそうアドバイスしていると、彼女は改めて、ルーズリーフに文字をしたためる。するとそこには、五、七、五のリズムで、こんなことが書かれていた――。

《たべたいな　豆大福が　たべたいな》

食べ物を変えればいけると思ってんじゃねえよ！

つかじゃあ、さっきの小首傾げての「んんー」って——「私には俳句は難しいかな？」じゃなくて、「ちょっと変えたらいけるよね？」っていう「んんー」だったのかよ！　いけねえよ！　プ○バト観て出直してこい！　夏○先生に怒られろ！

そんな風に俺が内心でツッコミを重ねていると、檜原は自分の才能ナシ俳句を難しい顔で見つめながら、こう呟《つぶや》くのだった。

「ワンチャンある……？」

ねえよ。

それから、檜原は両手を頭上に掲げて「んー」と大きく伸びをすると、テーブルに出した諸々《もろもろ》を学生カバンに仕舞ったのち、今度はそこからジェンガを取り出した。……いや、何故ジェンガ？　どうして彼女はそんな重い物を、わざわざ部室に持ってきたんだ？

俺がそう疑問に思っていると、檜原はジェンガをテーブルに置いたのち、俺の顔をちらっと見やる。それから、少しだけ頬を赤らめた彼女は、小さく呟いた。

「あの、これ……ジェンガ……」

「あ、ああ……見りゃわかるけど……」

「…………やる、ね？」

一人で⁉

話の流れ的に「ジェンガやらない？」と誘われるんだと思っていたけど、まさかの『ソロジェンガやる宣言』だった。ど、どうしていま、この部室でソロジェンガを……？

「……お、おう。頑張れ」

「う、うん……うう……」

そんな俺の応援に、檜原《ひのはら》は何故《なぜ》か若干涙目になりつつ、ジェンガを開始した──。取れそうな場所からジェンガを取る。そして上に重ねる。彼女はそれを繰り返す。取る。重ねる。取る。重ねる。取る。重ねる──そのうち、ジェンガはうず高く積み上げられ、あと三個を上に乗せれば完全制覇というところまで、檜原は辿《たど》り着いた。

「…………ふー」

ジェンガを始めた最初のうちは、何故かテンションの低かった檜原だったけど、やり始めてからしばらくして真剣モードに入っていった彼女は、いまはもうアスリートもかくやという表情で、細く長い塔になったジェンガを見つめる。

一方の俺も、後半になるにつれて檜原のジェンガが凄《すご》いことになっているのに気づき、それからはもう彼女の虜《とりこ》だった。が、がんばれ……がんばれ、檜原さん……！

そうして、椅子の上に乗った檜原さんが、ことり、と。ジェンガの一番上にまた一つ、ブロックを置いた──その刹那。

「はっ、はっ……くちゅん！」

檜原は可愛《かわい》らしい、けれど確かなくしゃみを、そこで盛大にかました。

必然、その風圧を受けて、ぐらり、と大きく揺れるジェンガ。危ない！　――そう思った次の瞬間にはもう、がらららららららっ！　と。盛大な音を立ててジェンガは崩れ去り、長細い塔を形成していたブロックが部室中のあちこちにバラまかれていた。

そんなジェンガの最後を見た檜原は、しばし呆然《ぼうぜん》と立ち尽くしたのち……小さな声でぽつりと、こう呟くのだった。

「…………これは、泣きそう……」

彼女のそんな独り言をかき消すように、夕方五時のサイレンが外から響いていた。

◆◆◆

それから、部屋中に散らばったジェンガを二人で片した俺達は、部室に鍵をかけ、西坂先生に鍵を返し――現在。

一年生用の下駄《げた》箱に向かって、人気《ひとけ》のない廊下を二人、隣り合って歩いていた。

午後五時を過ぎても、廊下の窓から差し込む日差しは未《いま》だ明るい。その陽光の眩《まぶ》しさに、俺がつい目を細めていたら――隣を歩く檜原がふいに、こう言ってきた。

「た、楽しかった、ね……ま、また、お話ししよ?」

「い、いや、『またお話ししよ?』も何も、そもそも俺達は今日、お話というものを全くしませんでしたけど?」

いきなり盛大なボケをかましてきた檜原に、俺はそうツッコむ。すると彼女は「い、言われてみると、確かに……?」と、あまり納得していない感じで頷くのだった。

「で、でも、楽しくなかった……?」

「そりゃあ、お前は楽しかっただろうけど……ひとりジェンガ、めっちゃ楽しそうにやってたけどさ……」

「……本当は、夜宮《よみや》くんとやりたかった……」

「え?　そうだったのか?」

「う、うん。言い方を間違えたから、一人でやることになったけど……」

それを聞いて、俺は先程の違和感を思い出す——檜原はさっき、ジェンガを取り出しながら「やる、ね?」と言った。あれは「誘わないのかよ」と俺が疑問に思った通り、「(一緒に)やらない?」と言う予定だったのを、間違えてそう言ってしまったのだ。

花房《はなふさ》みたいなコミュ強なら、一度間違っても、一緒にジェンガをやりたいと、改めて告げてくれるに違いない。でも檜原には、それができなかった——それは、自分のやりたいことに他人を巻き込めない俺と、どこか同調する在り方だった。

「……なんつうか、察せなくてすまん」

「う、ううん！　夜宮くんが、謝ることじゃ……わ、私、言葉足らずなところがある、から……というか、誰かと一緒にいる時に、他人と話さないことが得意で……今日だって、ちょっと話したら、満足してしまった……」

「…………」

あれで満足できたのかよ、とは思っても言わない。こういうキツいツッコミを平気で口にできるのは、性格のアレな推しに対してだけだ。

思いつつ、俺はいまの話で抱いた疑問を、そのまま檜原にぶつけた。

「他人と話さないことが得意ってことは……じゃあ、沈黙も怖くないのか？」

「うん……す、好きな人とは、一緒にいられるだけで、嬉《うれ》しい……」

「――――」

檜原はそう言って、前髪で上半分が隠れた瞳で、俺の顔を見つめた。「えへへ……」そんな照れ笑いと共に、柔らかくはにかむ彼女。――それは、女の子に免疫のない俺では直視できないくらい、眩しい微笑だった。

「で、でも……夜宮くん的には、あまり話さなかったと思ったなら……ちょっと、考えてみる……」

「え……考えてみるって、何を？」

「は、話せる方法。……私、人と直接話すの、苦手だから……」

「……まあ、話すのが苦手なら、無理に話さなくてもいいと思うけどな」

素直な感情が言葉になった。無理して話して、そうやって繋《つな》いだ人間関係なんて、窮屈なだけだろ。だから無理なんてすべきじゃないと、俺はそう考えたけど――ぴた、と。

それまでゆっくり歩いていた檜原が、廊下の真ん中で急に足を止める。

それから、彼女は静かに首を左右に振ったのち、小さく笑いながら言うのだった。

「私が無理、したいから」

「そ、そっか……」

「うん……よ、夜宮くんのためなら、無理、できる……」

「…………あのさ、檜原さん――」

尋ねるならいましかないと思った。

檜原はどうして、そんな風に言ってくれるのか。――まだ何も知らない俺なんかに、この身に余る好意を持ってくれているのか。

それを尋ねようとしたら、彼女は……わかりやすく戸惑ったような顔を一瞬だけしたのち、俺に向かって小さく手を振りながら、別れの言葉を口にする。

「じゃ、じゃあ、ばいばいです！」

「お、おう……」

俺のそんな素っ気ない返事を受け取り、たたたっ、と小走りで廊下を駆けていく檜原。

どうやら彼女には何か、俺を好きな理由を話したくない理由が、あるのかもしれなかった……何度も疑って悪いけど、お前、本当に俺のこと好きなんだよな？

第五話　推しがクマ太郎と喋《しゃべ》りました。

檜原と部活をした（してない）、翌々日。金曜日。

「……こ、こんにちは……」

「おう……ん？　なんだそれ？」

俺が部室の扉を開けると、俺のいつもの席の隣には既に、長い前髪で両目の半分を隠した檜原が座っていた。

しかし、それよりも俺が気になったのは、彼女の対面——四角テーブルの上にちょこんと、こちらを見つめるように、可愛らしいクマのぬいぐるみが置かれていることだった。

パソコン前の席に座った俺がそれを見つめていたら……突然、そのクマの体のどこかから、少し機械っぽい、でもほぼ人が喋ってるみたいな声が聞こえてきた。

『こんにちはガオ！　僕の名前はクマ太郎！　よろしくガオ！』

「……え、なに？　こいつ喋れんの？」

『そうだガオ！　初めまして、光助《こうすけ》くん！　僕の名前はクマ太郎！　名前だけでも憶《おぼ》えて帰って欲しいガオ！』

「漫才の入りみたいなことを言うクマだな……」

『ちなみに、僕の年齢は四十七歳だガオ。先月、三度目の離婚をしたばっかりガオ！』

「その感じで四十代後半かつバツ三なのかよ。ぬいぐるみの癖に俺より深い人生経験積んでんじゃねえよ」

俺がそうツッコむと、俺の隣に座る檜原さんが「く、くふっ……」と忍び笑いを漏らした。見やれば、彼女は何やら手元でスマホを弄《いじ》っており——ということは。

「あの、檜原さん？　もしかしてこのぬいぐるみって、檜原さんが喋らせてんの？」

「………（こくこく）」

俺の言葉にうんうん頷《うなず》く檜原。次いで彼女は、手に持っているスマホの画面を俺に見せてくれる。すると、そこには——【そうだガオ。僕は由女《ゆめ》ちゃんが書いたテキストを喋るだけの、ただの傀儡《かいらい》ガオ】と書かれていた。

それから彼女は、画面の右下にあった【喋る】という箇所をタップする。そしたら、クマ太郎は少し機械じみた音声で、それでも流暢《りゅうちょう》に言葉を紡《つむ》いだ。

『そうだガオ。僕は由女ちゃんが書いたテキストを喋るだけの、ただの傀儡ガオ』

「ぬいぐるみに傀儡とか言わせんなよ……あの名画『ト○・ストーリー』を観《み》たことねえのか」

『ぬいぐるみが喋る訳ないガオ』

「なあクマ太郎。お前、自己矛盾って言葉知ってる？」

俺のそんなツッコミに、檜原《ひのはら》は顔を俯《うつむ》けたのち、「くふっ、ふふふっ……」と肩を震わせて笑った。……もしかして彼女、ゲラだったりする？

俺は思いつつ、檜原に視線を向ける。それから、今しがた抱いた疑問を口にした。

「ええと、檜原さん？　――つかこれ、なに？　檜原さんはなんで今日、喋るぬいぐるみなんか部室に持ってきたんだ？」

「………………」

微笑と共に無言を貫く檜原。

次いで、彼女は手元のスマホに視線を落とすと、また何らかのテキストを入力し始めた。どうやら檜原はスマホで文字を打つのがかなり速いらしく、彼女がフリック入力を始めてから十数秒後に、クマのぬいぐるみが喋り出した。

『この間、由女ちゃん言ってたガオ？「夜宮くんと話せる方法を考えてみる」って。その画期的な解決方法が、僕なんだガオ！』

「……え？　でもこれ、そんなに意味あるか？　ぬいぐるみに代わりに喋ってもらう作戦なのはわかったけど、それって、普通に会話してるのとあんま変わらなくね？」

『そんなことはないガオ。現にいま、僕達はこの間より、こうして喋れてるガオ！』

「……まあ、確かにな？」

俺はそう頷きつつ、スマホに一生懸命テキストを入力している檜原を見やる。や、確かに喋れてはいるけどさ……でもこれ、あんま檜原と喋ってる感じがしないんだよな。素の彼女の上に一枚、『クマ太郎』って謎のフィルターがかかっちゃってる気がして。

……いや、だからこそか？　そうやって『クマ太郎』というキャラクターを一個乗せているからこそ、檜原はいま俺とこうして、普通に喋れてるって訳か。

そんな風に俺が考えていたら、スマホから顔を上げて、ちら、と俺の顔色を窺《うかが》った檜原さんが、慌ててスマホを操作する。そしたら、クマ太郎が言った。

『そんなに怒らないであげて欲しいガオ。由女ちゃんは他人と話すのが苦手で、だから光助くんとちゃんとお喋りをするためには、僕を使うしかなかったんだガオ。……どうか、嫌いにならないで欲しいガオ』

「い、いや……別に怒ったり、嫌ったりはしてないんだけどな？」

『由女ちゃんはきっと、ちゃんと、光助くんを想《おも》ってるガオ。それでも、こんな風に迂遠《うえん》なやり方をするのは、私が夜宮くんに慣れてないからだガオ』

「…………」

クマ太郎として喋ったり、たまに檜原として喋ったりもするぬいぐるみの合成音声に、俺は耳を傾ける。すると、クマ太郎は相変わらず無表情のまま、こう続けた。

『お気づきの通り、由女ちゃんは会話が得意じゃないガオ。だからこそ由女ちゃんは、光助くんと一緒にいる時も、別に会話をしたいとは思ってないんだガオ。――ただ、隣にいられること。それが、私にとっての幸せで。沈黙は苦痛じゃなくて癒《いや》しで……だから由女ちゃんはこれまで、光助くんと会話しようとしてこなかったガオ』

「………」

『でも、それじゃ足りない。このままじゃ関係は変わらないと……おとといのことがあって、由女ちゃんはやっと気づいたガオ。だけど、次に部室で会う時までに、饒舌《じょうぜつ》な女の子になるのは難しかったから……こうして、両親が年の離れた妹にプレゼントした、僕――クマ太郎をパチってきたんだガオ！』

「年の離れた妹のぬいぐるみをパチってくるなよ」

あと、イマドキ女子高生が知らなそうな『パチる』って言葉を使うなよ。何かの漫画で読んだけど、確か『盗む』的な意味だよなそれ？　早いとこ妹に返してやれって……。

俺が内心でそうツッコミを重ねていると、クマ太郎――というか檜原は続けた。

『私は、面と向かって人と話すのが苦手ガオ。だけど、何かアバター……今でいう僕みたいな存在を通してだと、すんなり喋れるんだガオ。たぶん彼女は、檜原由女として誰かと接するのが苦手なんだガオ。……自分として喋ったら、好かれるのも、嫌われるのも自分だから。それが嫌なんだと思う。どうしてもそこから逃げてしまうんだガオ』

「……そっか」

『でも、安心して欲しいガオ！　私はじゃなくて由女ちゃんは、ちゃんと喋れるようになるまでに慣れが必要なだけで、決して人間嫌いという訳ではないガオ！　だから夜宮《よみや》くんも、そんな由女ちゃんのことはどうか、長い目で見てあげて欲しいガオ！』

「……ああ、わかった」

俺がそう頷くと、隣にいる檜原が俺を見つめて、「えへへ……」とはにかむ。

何というか……彼女もまた色々と難儀な女の子だなと、俺はそう思った。

きっと、檜原由女には自分がない訳じゃない。そうじゃなくて、自分を真正直に出して傷つくのが怖いから、アバターを必要としてしまうんだ。

自分を出すために、自分じゃない何かを身に纏《まと》う――それは奇《く》しくも、自分を出さないために仮面をつけている彼女とは、正反対の在り方だった。

……でも、そんな檜原も、告白の時だけは――長い前髪をヘアピンで上げて、その綺麗《きれい》な瞳を晒《さら》して、自分の言葉で思いを告げてくれた。

それは一体、彼女にとってはどれだけ、勇気のいることだったんだろうか——。

「……なあクマ太郎。檜原さんについて、ちょっと質問してもいいか？」

『もちろんガオ！　僕は由女ちゃんじゃないから、彼女のことについて何でも答えられるガオ！　……光助くんが知りたいのなら、由女ちゃんのスリーサイズだって、こっそり教えてあげられるガオよ？』

「こ、こら、クマ太郎っ……！」

「あの、自分でテキスト書いて自分でツッコむっていう茶番やめてくんない？」

わかりやすく照れたような顔で、クマ太郎をぽふっ、と殴る檜原に、俺はそうツッコんだ。いま彼女の耳が赤いのは、ボケとツッコミを自分一人で完結させたことによる気恥ずかしさからだろう……檜原さんって意外と、芸人みたいなノリ好きなのね？

思いつつ、俺は改めて彼女に、少しばかり緊張しながら尋ねた。

「んで、質問なんだけどさ……どうして檜原さんは、俺なんかに告白してくれたんだと思う？　つか正直、彼女が俺を好きっていうのも、あまり信じられてないんだけど——」

「な、なんで！　わ、私、あんな嘘《うそ》つかない！　あれは本気！　信じて欲しい！」

「……それは、ごめん……」

「あ、う——わ、私も、ごめん……クマ太郎への、質問だったのに……」

いきなり立ち上がって叫んだ檜原は、段々と小さい声になりながらそう呟《つぶや》いた。そのまま、彼女は椅子に座り直し、静かに顔を俯ける。……告白した相手に自分の思いを信じてもらえていなかったと知った檜原は、当然、浮かない表情をしていた。

「………」

本当、モテ慣れてない陰キャは駄目だな……檜原の告白を信じられなくて、彼女にこんな顔をさせてしまった……ああ、いますぐ土に還《かえ》りてえ……土に還って、植物達の栄養となって、世界を木で溢《あふ》れさせてえ……土に還ってからの野望の方がでっけえな、俺……。

そうやってギャグにすることでガチ凹《へこ》みしている自分を誤魔化していると、どこか俺を気遣うような顔になった檜原が、スマホを弄ってこう言った。というか言わせた。

『そんなに気にしなくていいガオ！　光助くんが人の好意を真っすぐ受け取れないひねくれ者だっていうことは、由女ちゃんも織り込み済みだガオ。だから、夜宮くんは私を傷つけてない。由女ちゃんの告白を疑った自分を、責める必要はないガオよ！』

「く、クマ太郎……」

『まあ、由女ちゃんにちゃんと好きって言われたのに、それを疑うとか……人間としてちょっとどうかと思うところもないではないガオ！　光助くんのそういうところ、僕は嫌いだガオ！』

「…………」

「ちょ、ちょっと、クマ太郎！　……わ、私は、嫌いじゃない、よ？」

「クマ太郎に辛辣なことを言わせてから自分でフォローすんのやめろ。汚《きた》ねえぞそれ」

……というか、檜原さんはさっきから、クマ太郎を喋《しゃべ》らせるのが上手《うま》すぎない？　こんな風にキャラを喋らせられるなら、俳句なんか書いてないで小説書いたら？

思いつつ、俺は色んな感情と共に、一つ大きく息を吐く。それから、そういえば肝心の質問に答えてもらっていないことに気づき、クマ太郎に再度尋ねた。

「それで、ええと……何度も聞くのは申し訳ないんだけど……じゃあどうして檜原さんは、俺のことを好きになってくれたんだ？」

『……それは、由女ちゃんに聞いてもらわないと、僕はわからないガオ』

「おい。クマ太郎おい」

俺は言いつつ、檜原の方を見やる。――ついジト目になって彼女を見つめていたら、それを受けて檜原は、俺から全力で顔を逸《そ》らすのだった。おい。檜原さんおい。

「というか、そもそもの話をさせてもらえば……檜原さんとクマ太郎が別人設定なのおかしくね？　さっきから檜原さんがこいつを喋らせてるんだから、クマ太郎＝檜原さんだろ？　ということは、お前が檜原さんに関する質問に答えられない筈《はず》はないんだが？」

『光助《こうすけ》くん、それは間違ってるガオ！　僕は由女《ゆめ》ちゃんが作り出した、僕というキャラクターガオ！　作者とキャラクターがイコールではないように、僕は檜原由女じゃないんだガオ！　――初めまして、僕はクマ太郎！　趣味は人里に下りて人間を嬲《なぶ》り殺しにすることで、特技は雌の熊をナンパすること！　大好物はサーモンのカルパッチョだガオ！』

「ちょっと洒落《しゃれ》たもん食ってんじゃねえよ、クマのぬいぐるみのくせに」

俺のそんなツッコミに、「くふっ、くくくっ……」と、楽しげに肩を震わせ笑う檜原。何か知らんけどめちゃくちゃ楽しそうだった。

『最近の悩みは、鮭《さけ》を捕るために川に入ったら、体が重たくなることだガオ！』

「だろうな。だってお前、ただのぬいぐるみだもん。そりゃ体の中の綿が川の水を吸って重くなるだろうよ」

『あと、クマのキャラで言ったら一頭、ハチミツ食べたいなー、が口癖の、とんでもない人気を誇る奴《やつ》がいて、そいつに勝てないのが悔しいガオ……いつか絶対、あいつより有名になってやるガオ！』

「野望でかいなお前。がんばれよ。特に応援とかはしねえけど」

『そんな訳で、最近YouTuberデビューしたガオ』

「どんな訳だよ。つかお前、そのもふもふの手でパソコンいじれんの？　動画の編集作業とか絶望的じゃね？」

『そこはほら、由女ちゃんがやってくれてるガオ』

「ど、どうも……（ぺこり）」

「他人から紹介されたみたいにお辞儀すんな。自作自演甚だしいぞ」

『ちなみに、僕のYouTubeチャンネルでは、巷《ちまた》で話題のクソゲーがいかにクソかをネットの反応と共に取り上げてるから、是非チャンネル登録よろしくだガオ！』

「炎上系YouTuberかよ！　いますぐ垢《あか》ＢＡＮされろ！」

俺がそうツッコむと同時、「あははははっ！」と爆笑しながら檜原《ひのはら》は手を叩《たた》いた。……いやあの、さっきからこいつ、他人にツッコまれるのが好きすぎでは？

つか結局、いまのノリに流されて、『檜原が俺を好きになった理由』に関しては、綺麗にはぐらかされてしまったな……とか俺が考えていたら、ふいに。

隣にいる檜原が、笑い過ぎて出た涙を拭いながら、俺に向かって言った。

「の、ノリに付き合ってくれて、ありがと……」

「いや別に、お礼を言われるようなことじゃ……」

「あと……す、好きな理由、言えなくてごめん……わ、私、頑張るから……もうちょっとだけ、待ってて……」

「……ん？　その言い方だと、もう少ししたら教えてくれる感じなのか？」

「…………」

俺のその言葉に、黙り込む檜原。

しかし、数十秒後……熟れた苺《いちご》のように頬を赤らめた彼女は、前髪で半分隠れた瞳で俺を見やりつつ、こくり、と頷《うなず》いてくれたのだった。

それから、彼女はまたスマホに向き直る。手早くテキストを入力すると、クマ太郎が少しやかましいくらいの音量で、こう叫んだ。

『いまだ、光助くん！　このラブコメっぽい雰囲気に乗じて、目の前にいるちょろい女を抱き締めてやるんだガオ！　据え膳食わぬは男の恥だガオ！』

「……檜原さんって、クマ太郎を使って喋ってる時だけ、はっちゃけすぎでは？」

「え、えへへ……」

「なんか嬉《うれ》しそうに頬を緩めてるけど、褒めてねえからな？」

ただ、そうして照れたように笑う檜原を見て、俺にしては素直に——可愛いなこの子、と。そう思ってしまうのだった。

素の自分を出すのが恥ずかしい。だからクマ太郎というキャラクターになりきって、あくまでもおふざけの一環として、自分の感情をそこに少しだけ混ぜ込む。檜原由女という女の子の本性を、俺にわからないように、ちらりと見せてくれる――。

そんな、どうにも不器用で、だからこそ愛らしい檜原の一面を見て、俺は……檜原に悪感情を持っていない、女の子に免疫のない俺は、そんな彼女を可愛《かわい》いと思うのだった。

……いやあの、告白してくれたからって、檜原に対して好感度マックスすぎない俺？

本当、これだからモテない陰キャは……俺はそんな風に自省しつつ、割とくだらないことをぬいぐるみに喋らせる檜原と、どうでもいい話を続ける――。

その内容としては、文芸コンクールで彼女は詩を書く予定だとか。檜原が文芸部に入ったのは小説が好きだからで、ラノベもたまに読んでるらしいとか。でも彼女が一番好きなのは、バラエティ番組だとか――そんな、他愛もない話だ。

けれど、クマ太郎を通して俺は、檜原について……俺を好きと言ってくれた、よく知らない彼女について、ちょっとだけ理解することができたのだった。

そうして、クマ太郎（檜原）としばらく会話をしていたら、ふいに……どこか真剣な表情になった檜原が、スマホにテキストを入力したのち、クマ太郎にこう喋らせた。

『これは由女ちゃんの質問じゃなくて、僕の個人的な質問なんだけど、光助くんはどんな女の子がタイプガオ？』

「……い、いやそれ、明らかに檜原さんの質問では……？」

『違うよ、僕の質問だよ？　由女ちゃんは関係ない。だから早く、質問に答えてくれないかな。ねえ、どんな女の子がタイプなの？　知りたいな』

「おい、語尾のガオはどうしたお前」

俺のそんなツッコミに、肩を震わせて笑う檜原。

それから、「んんっ」と咳払《せきばら》いをした彼女は、一瞬だけ俺を見たのち……ほんのり頬を赤らめながら、ぬいぐるみに喋らせた。

『ちなみに私はね、「好きなものを好きって言える人」が好きだよ。ガオ』

「ふ、ふうん……つか、なんかいまの『ガオ』って、後付けっぽくなかったか？」

『勘の良い《い》人間は嫌いだガオ』

クマ太郎、というか檜原はそう言って照れ笑いをする。……クマ太郎というアバターの背後からちらちら垣間《かいまみ》見える素の檜原が、こちらに何らかのジャブを打ってるような気がして、俺は落ち着かない気分になるのだった。

思いつつ、ズボンのポケットからスマホを取り出して画面を見ると、時刻は午後五時ちょい手前。もう部活終了の時間だ。

結局、今日もまた、檜原が俺を好きになった理由は聞けなかったな……なんて思っていたら、檜原が俺の制服の袖を摑《つか》み、くいくい、と引っ張った。彼女からそんなことをされるのは初めての経験だったので、俺はついビクついてしまいながら、彼女に尋ねる。

「うお……な、なんだよ……」

「……く、クマ太郎が、大事なことを言いたいみたいだから……見てあげて？」

「クマ太郎っていうか、檜原さんだけどな？」

俺のそんな発言をさらっと受け流しつつ、檜原はスマホに向き直る。彼女はまた何らかのテキストをしたためたのち、俺に微笑を向けながら、送信ボタンを押した。

するとクマ太郎は、機械音声っぽい声で、こう言うのだった。

『光助くん。今日は、僕と――ガガ、ザザ――……』

「ん……？　どうした？　何かよく聞こえなかったけど」

「あれ、なんで……」

周波数のズレたラジオのようなノイズを響かせると同時、途端に喋らなくなってしまうクマ太郎。それを受けて、彼を手に取った檜原が、クマ太郎の全身を確認すると――

「あ」と声を漏らす。彼女はクマ太郎の背中を見つめながら、こう続けた。

「じゅ、充電が、なくなったみたい……」

「ああ……まあ、今日は随分と酷使されてたからな、こいつ。それも当然か」

「………」

俺の言葉に反応しないまま、檜原はどこか拗《す》ねたような表情で、クマ太郎にジト目を向ける。もしかしたら、まだ何か言わせたいことがあったのに、それを言う前に沈黙したこいつに怒っているのかもしれなかった。クマ太郎、今日はマジで仕事したのに……。

俺がそう考えていると、檜原は「はっ」と言って、頭上に電球を光らせる。

何かを思いついた様子の彼女はそれから、クマ太郎のお腹《なか》を後ろから両手で摑み、自身の顔の前まで持ち上げる。そうしながら、俺に向かって話しかけてきた。

「よ、夜宮《よみや》くん。こっち、見て……？」

「ん？　なんだ？」

言われた通り、俺は檜原を見やる……彼女は、自分の顔をクマのぬいぐるみで隠しながら、俺に体を向けていた。——こちらを見つめるクマ太郎と目が合う。そうして、クマのぬいぐるみで顔を隠した檜原は、わざと声を高くしながら、こう言うのだった。

「こ、光助くん。今日は、僕と一緒にいっぱい喋ってくれて……あ、ありがとガオ！」

「………」

ありがとガオ。

そのパンチラインの強さに、何も言えなくなる俺こと限界オタク。

しかも、それを言い終えてから彼女、後悔したみたいに「あああああ……」って声を漏らしてるし。更に言うと、クマ太郎からはみ出た耳が真っ赤なせいで、照れてるのが丸わかりだし……なんだよこのあざと可愛い生き物！　これが計算だったら男を落とすプロすぎるけど、彼女もダメージを食らってるっぽいのでどうやら素のようだった。これが素とか逆にやばくね？

思いつつ、俺は言葉を絞り出す。本心では「お前あざと可愛いなおい！」と叫びたかったけど、そんな気持ちをぐっと堪《こら》えて、俺は俺の仕事（ツッコミ）をするのだった。

「あの……照れ隠しにクマ太郎のマネをするより、『ありがとガオ』って言う方が恥ずかしいのでは？」

「……ほんとだね。ふふっ」

ひょこっ、と。クマのぬいぐるみから顔を出しつつ、檜原はそう言ってはにかむ。

それを目撃した瞬間、俺は――檜原の笑顔を世界中のみんなが目の当《ま》たり《あ》にすれば、この世から諍《いさか》いは消えるんじゃないかと、本気でそう思うのだった。可愛いは（世界平和を）作れる。高校生という時分にしてまた一つ、この世の真理を知ってしまったぜ……。

第六話　推しのランニングに付き合った。

夏休みに突入してから一週間が経《た》った、八月上旬。

「……夏休み、最高すぎる……」

大好きなボカロＰの新曲をノーパソで観《み》ながら、俺は思わずそう呟《つぶや》いていた。

現在、時刻は午後三時過ぎ。

更に補足すると、俺が起床したのは、いまから二時間前の午後一時過ぎ。……夏休みに入ってからまだそんなに日が経ってないのに、生活習慣がバグりまくっていた。でもこれに関しては、俺は悪くない。深夜アニメが深夜に放送されるのが悪いんだ！

そんな言い訳をしつつ、ようやくパジャマから適当な格好に着替えると、俺はそのまま外に出た。ちなみに、今日の目的地は本屋さんで――そろそろ本を買いたい欲が溜《た》まりつつあった俺は、自転車でさいたま新都心駅へと向かっていた。……何で積み本を消化してないのに、新しい本買いに行ってんのこいつ。本読んでから本買えや（正論）。

そうして俺が本屋に向かって、並木道の中を自転車で走っていると……ふいに。

向こうから紺色のスポーツウェアを着た、綺麗《きれい》な女の子が走ってくるのを見かけた。

こんな真夏に、よくランニングなんてやる気になるな……と、インドア派っぽいことを考えながら、正面から走り来る女の子を、見つめていたら――。

「「あ」」

お互いがお互いの存在に気づき、そんな声が漏れた。

その瞬間、俺は思わず自転車のブレーキをかけ、彼女もランニングを中断する。……時間で言うと、実に一週間ぶり。彼女は嬉しそうな顔で俺に近づいてくると、こう言った。

「やっほー、光助《こうすけ》」

ランニング中の女の子――花房憂花《はなふさゆうか》はそんな言葉と共に、額に滲《にじ》んだ汗を手で拭き取る。運動しやすいように纏《まと》められた黒髪のポニーテールが、この目に眩《まぶ》しかった。

「お、おう。奇遇だな……」

「ふふっ、ほんと奇遇だよね！　あんたと憂花ちゃん、こういう何でもない日に、外で会えすぎじゃない？　埼玉って意外と狭いの？」

「いや、埼玉が狭いというよりは、俺達の生活圏が近いってだけだろ……」

「……つかさ、先に言っとくけど」

「ん？　なんだよ？」

「……この間はその、憂花ちゃん、ちょっとだけ取り乱しちゃったけど……あれは憂花ちゃんの本当の姿じゃないから。何というか、予想外の事態に、少しパニクっちゃっただけで……だから、あの日のことは忘れてね？　つか忘れろ」

「え、あの日のこと……？」

出合い頭にそう言われ、彼女と以前なにがあったっけと少しばかり考えた俺は、その結果……花房が何のことを言っているのか、すぐさま思い出せた――。

『憂花ちゃんだって、こ、光助と、もっともっといちゃいちゃちゅっちゅしたいのにいいいいいぃぃ！　うわああああああああああんっ！』

……ああ。あれに関しては、忘れたくても忘れられないんだよなあ……俺が内心でそう呟いていると、頬を上気させた彼女は仕切り直すように、話を続けた。

「と、ともかく！　――久しぶり、光助！　元気してた？」

「あ、ああ……まあ、それなりにな。というか、花房さんはここで何してたんだ？」

「何って、見ればわかるでしょ。ランニングだよ」

そんな言葉と共に、両腕を広げて自身のランニングウェアを見せつける花房。……本当、こいつはどんな恰好《かっこう》をしても様になるよな、なんて思いつつ、俺は返事をする。

「いや、そりゃ見ればわかるけどさ……俺が聞きたかったのは、それをしてる理由というか……花房さんって、休みの日に走るのが日課だったりするのか？」

「こんなダルいこと、憂花ちゃんが日課にする訳ないじゃん」

「マラソン選手が聞いてたらブン殴られそうなことを言うなよ。……でも、じゃあどうしてお前はいま、ランニングなんてしてるんだ？」

「……おととい、憂花ちゃんがボイトレ行ったら、いつも教わってる先生に『花房さんはリズムも音程もピッチも抜群だから、あとは肺活量さえ備われば完璧ですよ！』って、褒められてさ……なんか、気になんない？」

「ああ、一言余計だな……」

「でしょ？　だから、その言葉にムカついた憂花ちゃんはいま、肺活量を増やすためにランニングしてるってわけ。マジでクソだるい！」

「女の子がクソとか言うなよ……」

　でも、それはなんだか花房らしい理由だった。

　そうか。彼女はいま、ダイエットや健康のためではなく、まんさきのU－Ka《ゆうか》としての努力を怠らないために、走ってるんだな……俺がそう感心していると、花房は俺の考えを見透かしたかのように、どこか微妙な表情になって言った。

「つか、憂花ちゃんは別に、ボイトレの先生を見返したくてランニングしてる訳じゃないからね？　もちろん、まんさきのU－Kaとして努力をしなきゃいけないから、頑張ってる訳でもなくて――憂花ちゃんはただ、もっと歌を上手《うま》く歌えるようになって、いま以上にみんなに褒められるために、ランニングしてるだけだから。あんま邪推しないでよ？」

「なるほど……そういう体《てい》で、努力をしている自分を隠してる訳ですね？」

「そういう体ってなによ⁉」

俺の発言に対し、驚いたような表情でそうツッコむ花房。

彼女は否定したけど、これに関しては、花房の根の部分――努力を怠れないという、彼女の性格が出ているが故の行動だと、俺はそう思った。……花房って本当、その本質は努力家だし、プロ意識も高いんだよな。

まんさきのＵ－Ｋａとして生きる以上、妥協した生き方なんかできないから。

そういう矜持《きょうじ》を持っているからこそ、花房はランニングを始めたのだと、いちファンである俺はそう考察するけど……これを彼女に言っても、否定されるだけだろうな。

俺がそんなことをぼんやり考えていると、花房はふいにそっぽを向いたのち、努めて軽い声音で――でもどこか緊張した面持ちで、尋ねてきた。

「……そういえば、どう？　檜原《ひのはら》さんとは上手くやってる？」

「上手くやってるかどうかはわからんけど……まあ、普通に部活してるな……」

「殺すぞ」

「いきなりなんだよ怖《こえ》えな⁉」

「ごめん、間違えた……あんまり仲良くしたら殺すよ？　って言いたかったの。――あんまり仲良くしたら殺すよ♡」

「文言的にはあんま間違ってねえじゃねえか……つかお前いま、自分から『上手くやってる？』って聞いてきたのに、それで『普通にやってる』って言ったら、殺すって……」

「だって、あんたが憂花ちゃんの乙女心クイズに正解しないのがいけないんじゃん」

「乙女心クイズとはいったい」

「なんであんたはこう、女の子の気持ちがわかんないかなあ……憂花ちゃんのテンションを下げないでよ。憂花ちゃんが不快になるじゃん」

「たまには謙虚な発言とかできねえのお前……」

俺がそう言うと、花房は――「謙虚な発言をする憂花ちゃんとか、それはもう憂花ちゃんじゃなくない？」と言いながら、可愛《かわい》らしく小首を傾《かし》げてきた。……こいつ、自身の性格を開き直りすぎでは？

俺が心の中でそうツッコんでいると、どこか楽しげな表情を浮かべた彼女は、顔の横にピースサインを出しながら言った。

「それでは乙女心クイズ、第二問です。――ででん！」

「だから乙女心クイズとはいったい」

「あんたの目の前で、憂花ちゃん、あんたの妹ちゃん、あんたのお母さんの三人が溺れています」

「何故《なぜ》そんなことに。俺の妹、中学に上がるまでスイミングスクール通ってたのに……」

「濁流の川だったからです」

「濁流の川だったからかー。じゃあ、溺れるのもしょうがねえなあ……いや待て。であれば、そもそもなんで濁流の川に入ったんだお前らみんなたちは。そんなのに入ったら溺れることくらいわかってただろ」

「未曽有の大災害で、埼玉県民がみんな利根川《とねがわ》に流されたのです」

「彩《さい》の国さいたまが滅亡の危機⁉　というか、埼玉県がそんなことになってたら、そもそもの問題文である――『あんたの目の前で三人が溺れています』どころじゃ済まないだろ。『あんたの目の前で全埼玉県民が溺れています』になっちゃうだろ」

「さっきからどうでもいいところでツッコミすぎだから！　乙女心クイズやらせろし！」

「……すまん。職業病（？）でな……」

「仕切り直して！　――あんたの目の前で、あんたにとって大切な三人が溺れています！　あんたのお母さん、あんたの妹、憂花ちゃん！　さあ、あんたは誰を助ける⁉」

そう言いながら顔を近づけてくる花房から後ずさりつつ、頭を悩ませる俺。……でもこういうのって、「みんな助けたい！」とかそういう本心を馬鹿正直に答えるよりは、花房の欲しがる答えを言っておいた方がいいんだろうなと考えた俺は、こう答えた。

「花房さん、かな……」

「ぶぶー！　不正解です！」

「……なんでだよ。自分を助けてもらえるのに、不正解なのか？」

「うん。だってあんた、憂花ちゃんの機嫌を取るためにそう言っただけでしょ」

「お前はエスパーかよ」

「はい不正解。いまのに『そんなことない。俺はお前を選ぶ』って答えてくれてたら、そこでようやく正解だったけど、そう言ったので不正解だよこのばーか」

「……回答したあとの理由も込みで正解不正解決められるとか、このクイズ、ちょっとアンフェアすぎない？」

「あんた知らないの？　乙女心ってめっちゃ理不尽なんだよ？」

「お前が言うと妙な説得力があるのなんなの」

俺がそうツッコむと、心底楽しそうな顔で「あははっ」と花房は笑った。……推しの笑顔が魅力的すぎるせいで、花房のこの性格にも多少は目を瞑《つむ》れちゃうの、ズルくねえ？

そうして俺が彼女の笑みに見蕩《みと》れていると、花房はふいに、不満そうな顔になって俺を睨《にら》みながら、こんなことを言ってきた。

「つか憂花ちゃん、いまランニングの途中なんだけど。人が頑張ってるところを邪魔しないでくんない?」

「急になんだよ……話しかけてきたのはそっちだろ?」

「そうだね。確かに憂花ちゃんが話しかけた。でもそもそも、憂花ちゃんが一人でランニングをしてるところに、あんたが現れたのがいけないいんじゃゃん。憂花ちゃんとしては、あんたがいるのを見つけたら……まあ一応? 知り合いとして? 声を掛けずにはいられないんだから。——だからやっぱり、憂花ちゃんの前に現れたあんたが悪い。B.B.Q.」

「B.B.Q.ってなんだよ。Q.E.D.の間違いだろそれ。証明終了の代わりに、いきなりバーベキューすんなよ。……もしかして花房さんって、実はアホなのでは……」

「うっさい! とにかく、憂花ちゃんもうランニング再開するから!」

花房はそう言ったのち、改めて何度か屈伸運動をすると、軽やかに走り出した。それを受けて俺は、ぼんやりと彼女の背中を見送る。

「………ランニング、がんば……」

推しが陰で努力する姿を見て、シンエヴァの綾波《あやなみ》さんみたいに心をポカポカさせていたら──「おーい！」という声が聞こえてくる。気づけば、一度立ち止まった花房《はなふさ》がこちらを振り返り、こう叫んでいた。

「憂花《ゆうか》ちゃんが頑張って走ってるんだから、隣で応援しろし！」

「……さっきまで俺の応援なんかなくても、カッコよく走ってたくせに……」

俺は小声でそう呟《つぶや》いたのち、自転車のペダルを漕《こ》ぐ。そうして彼女の隣に並ぶと、花房は呼吸を荒らげて走りながら、快活な笑みを浮かべた。

「はっ、はっ──憂花ちゃん、結構足速くない？」

「ああ、そうだな。お前はほんと、何やらせても人並み以上にこなすよな……」

「ほんとそれ──はっ、はっ、はっ──憂花ちゃん、マジで何をやらせても、そこら辺の女より──はっ、はっ──上手くやる自信があるよ──はっ、はっ──でも、憂花ちゃんも時々、自分で自分が──はっ、はっ──怖くなるけどね。何でも出来過ぎて──」

「いや、無理に喋《しゃべ》んなくていいから。お前はランニングに集中しろって」

「……なんでせっかく光助《こうすけ》と会えたのに、憂花ちゃんはランニングなんか続けなきゃいけないわけ？　はっ、はっ、はっ──本当はランニングなんかやめて、いますぐ二人でお茶でもしたいのに──」

「………………」

どうやら彼女の中で、ランニングを続けたい気持ちと、何か別の感情とのせめぎ合いが起きているらしかった。……ただ、それでも『ランニングを投げ出さない』という選択をするあたり、とても彼女らしいけど。変なところで意地っ張りというか、努力する自分を裏切れない子というか……。

そんなことを思いつつ、俺は並木道を走り抜ける花房の背中を、自転車で追いかける。

たったったったっ、と。花房のランニングシューズが軽快に、舗装されたアスファルトを蹴る。「はあっ、はあっ、はあっ――」揺れる黒髪のポニーテール。しなる美しい両足。夏の日差しに照らされて、彼女の頰を伝う汗粒がきらきら輝いていた。……言ってしまえば、ただ俺の推しが走っているだけだ。それなのに、彼女がスポーツに打ち込む姿はあまりにも美しくて、だから俺はつい、花房の一挙手一投足に見蕩れてしまった。

たぶん、その美しさの根源は、彼女の在り方にあるのだと思う。

ボイトレの先生に、肺活量が唯一の欠点だと、遠回しにそう言われた――それだけのことにちゃんと立ち止まり、向き直り、その棘《とげ》を抜こうとする姿勢が、きっと美しいんだ。

つまり俺はいま、花房が走る姿に見蕩れているんじゃなくて、彼女の努力を怠らない姿勢に、それを他人に見せない在り方に、見蕩れているのかもしれなかった――。

そうして、花房のランニングを見守ること、三十分後。

「はあっ、はあっ、はあっ――やっと着いたああああ……！」

「お疲れさん」

彼女は住宅街の一角、『花房』という表札が書かれた大きな一軒家の前で、ようやく足を止めた。それから、花房はその家の門扉《もんぴ》をくぐったのち、俺を振り返る。流石《さすが》に疲れが滲《にじ》んだ表情を浮かべながら、彼女は尋ねてきた。

「憂花ちゃん家、上がってくでしょ？」

「……じゃ、俺はこの辺で……」

「………まあ、憂花ちゃんもこれからすぐにレコーディングに行かなきゃだし、だから別にいいんだけどさ。あんたってほんと、ヘタレだよね」

「へ、ヘタレとかじゃねえから……そうじゃなくて俺は、まんさきのU‐Ka《ゆうか》の実家に、いち男ファンが上がるのを許せないから、それは無理って話であってな？」

「はいはい。わかりましたー」

「ランニングで疲れてるから、めっちゃ雑な対応するじゃないですか……」

「ちょっと待ってて。いま家から、冷たい飲み物だけ持ってきてあげるから」

花房はそんな言葉を残すと、自分の家に入っていく。……そうして、花房邸の前に取り残された俺は一人、所在なくそこに立ち尽くすのだった。

「…………」

推しの実家の真ん前にいるの、ファンとして居心地が悪すぎるんだけど……なんて思いつつ、花房ん家《ち》の前にチャリを停《と》め、待つこと五分弱。

夏の暑さにうんざりしながら、ぼんやりしていたら——突然、花房から電話がかかってきた。ちょっと玄関から出れば話せるのに、どうして電話なんか……そう疑問に思いながらも、俺がその着信を取ると、スマホから切羽詰まったような声が聞こえてきた。

『こ、光助……光助……！』

「どうしたお前。いきなり電話なんかしてきて……」

『い、一階のリビングに、知らない男がいる……』

「————は？」

言われた瞬間、俺の心臓がバクバクと騒ぎ始める。

……知らない男？　ヤバいファンか？　それとも強盗？　情けないことに、俺は恐怖から生唾を飲んだ。こういう場合、まずは警察に連絡だよな……でも、警察がここに来るのにどれくらいの時間がかかる？　それまで、花房は無事でいられるのか？　その間、俺はここに突っ立ってるだけかよ？

頭の中の整理がつかない。俺もつい震える声になってしまいながら、彼女に尋ねた。

「……ちょ、ちょっと待て。こ、こうして電話できてるってことは、お前はまだ、その謎の男には見つかってないんだよな？」

『う、うん……憂花ちゃんはいま、二階の自分の部屋にいるよ……』

「よ、よし。じゃあまずは、見つかりそうもない場所に隠れ――」

『や、やばい！　に、二階に……憂花ちゃんの部屋に上がってきた！　光助っ！』

「お、落ち着け花房！　大声を出すな！　お前がそこにいるってバレたら――」

『……助けて、光助……！』

「――――」

花房のその声を聴いた瞬間、俺の中で何かが弾《はじ》けた。

冷静な思考が吹き飛び、初めて求められた彼女の「助けて」に、理性ではなく感情がこの体を突き動かした。――きっと、俺には悪漢をぶちのめす力なんてない。それでも、いま危険な目にあっている俺の推しを、助けに行かないなんて選択肢はなくなったから。通話を切った俺はそのまま、震える足で走り出した――。

花房邸の門扉を駆け抜ける。玄関のドアを乱暴に開け、玄関口に置いてあったゴルフクラブを一本、反射的にこの手に握った。それから靴を脱ぎ、花房の家に上がると――彼女と悪漢がいるらしい二階まで、階段を一気に駆け上がる。

絶対に殺させない。俺の推しを、死んでも守る！

そんな決意と共に、花房の部屋と思《おぼ》しき扉を、俺が勢いよく開けたら――。

「あ、遅かったじゃん。ほら、ここ座って」

悪戯《いたずら》っぽい表情で笑いながら、床に置かれたビーズクッションを指さす……シャワーを浴びた直後らしい、濡《ぬ》れ髪の花房憂花の姿があった。

ちなみに、彼女が電話で話していた知らない男の気配など、そこには欠片《かけら》もなかった。

「え……は、花房さん？　さっき電話で言ってた、知らない男は……？」

「ああ、あれ？　――憂花ちゃん、中々迫真の演技だったでしょ？　ふふっ……やっぱ普段からまんさきのＵ－Ｋａとしての仮面を被《かぶ》ってる憂花ちゃんは、演技も抜群に上手《うま》いよね！　そろそろ、ドラマのオファーとか来てもおかしくないのになー」

「…………ええと。その言い草はつまり、さっきの電話は嘘《うそ》だったと……？」

「うん。推しの部屋に上がりたくない！　ってゴネるあんたを憂花ちゃんの部屋に入れたくて、つい。――あはは っ、ごめんね光助。でも、こんな性悪なことを平気でしちゃう憂花ちゃんって、そこが逆に可愛《かわい》くない？」

「…………」

「ちょ、やめ――なにすんのよあんた！　痛い！　痛いってば!?　憂花ちゃんの低反発枕で憂花ちゃんを叩《たた》かないでよ！　推しになんてことするわけ⁉」

「おおお前こそ！　ファンになんて嘘をつくんだこのクソ女！」

　ゴルフクラブから手を放した俺は、おおよそ推しに言うべきではない悪態をつきながら、新しく手に取った低反発枕で花房の頭を叩き始める。こ、この女……まんさきのＵ－Ｋａを人質に、ふざけたことしやがって！　今日という今日はマジで許せねえ！

「おいこら花房ぁ！　あの電話を受けて俺、めちゃくちゃ心配したんだぞ⁉　花房さんを助けるために、自分は刺されてもいいって覚悟でここに乗り込んだんだ！　それなのに、あの電話は俺をおびき出すための嘘でしたとか……性悪かよお前！」

「そ、それに関しては、あんたも知ってた筈《はず》だけど……」

「うっせえうっせえ！　この馬鹿！　腹黒娘！　顔がいいだけの女！」

「やっ、ちょっ、わかった……ほんとごめんってば！　憂花ちゃんもちゃんと反省してるから、もう枕で憂花ちゃんを叩くのやめてくんない⁉」

「こ、この、めんどくさ女……！　リアルでツンデレとか、ウザいんだよ……！　まあ、そんなところが可愛いんだけど……！」

「ちょ、光助……あんたもう、憂花ちゃんディスれてないから……！　ほ、ほら、落ち着いて座りなって……よしよし……」

花房はそう言いながら、俺の背中をあやすようにさすりつつ、ビーズクッションに俺を座らせた。こいつ本当、久々に花房らしい、自分の欲求のために相手を怒らせるような悪行をしやがって……チャリをパクられた時以上の衝撃だよチクショウ！

俺がそう、未だ内心でガンギレしていると、対面に正座した花房はわかりやすく申し訳なさそうな表情を浮かべながら、こう続けた。

「ご、ごめんね、光助……憂花ちゃん、ちょっと考えが浅かったかも……憂花ちゃんはただ、あんたを部屋に連れ込みたい一心で、あんなことしちゃったけど……あ、あんたとしては、シャレになってなかったんだよね？」

「マジでそうだよ！　シャレになってなかったっつうの！」

「うっ……ほ、本当、ごめんなさい……」

本気で反省した様子の花房は、そう謝りながら何度も頭を下げる。……それを見てようやく落ち着きを取り戻してきた俺は、釘《くぎ》を刺すように彼女に言った。

「あのな、花房さん……俺はお前のことがマジで好きなんだよ。だからこそ――ファンが本気で心配するようなことはすんなって……こんなことをされるくらいなら、普通にお前の要求くらい呑《の》むから。自分を囮《おとり》に、あんな嘘を吐《つ》かないでくれ……」

「う、うん、わかった……憂花《ゆうか》ちゃんも、あんたがどんだけ憂花ちゃんのことを好きか、わかってなかったのかもしんないね……ごめん、光助《こうすけ》……」

「わかってくれたなら、いいけどさ……」

俺はそう言ったのち、重く深いため息を吐き出す。

……正直、この件に関してはまだ全然、花房《はなふさ》に怒りたい気持ちもあったけど──こんなんでも彼女は俺の推しなので、ファンとしてそう強くは言えないのが、悩ましいところだった。ファンと推しって、力関係がはっきりし過ぎだろ。

そんなことを思いつつ、丸テーブルに頬杖《ほおづえ》をついた俺が、花房を睨《にら》んでいたら──彼女は少しだけ嬉《うれ》しそうに微笑しながら、こう続けた。

「そういえば……いま光助、憂花ちゃんが『助けて』って言ったら、憂花ちゃんのために一も二もなく駆け付けてくれたよね？　ふふっ。ちょっとカッコよかったかも」

「……当たり前だろ、そんなの。あんなことになったら、俺みたいな拗《こじ》らせファンじゃなくたって、大慌てでお前の部屋に踏み込むっつうの……」

「んー、そうかな？　ああいう場面ですぐさま助けに来てくれるのって、結構難しいと思うけどね？　普通の人は二の足を踏んだり、警察に助けを求めたりしちゃうんじゃない？　だからそれをしないで、ゴルフクラブ一本だけ手に持って憂花ちゃんの部屋に駆けこんできた光助は、ちゃんとカッコ良かったよ」

「…………」

「あははっ。やっぱあんたも、根っこの部分では男の子なんじゃん。うりうりー」

花房はそう言いながら、俺の頰を人差し指でグリグリしてきたけど――それを受けてマジでイラッとした俺は、低反発枕で再度、俺の推しを優しく殴りつけるのだった。……いやほんと、今回の一件で再確認したけど、花房さんってちゃんと性悪だよな！

ただ、そうは思ったものの――このあと。花房がレコーディングに出かける時間になるまで彼女と歓談した俺は、花房と別れる際に、結局……「またね」「ん、またな」という挨拶を交わしてしまうのですけどね！　ちくしょう。俺はまんさきのＵ－Ｋａのことが好き過ぎるあまり、性悪な花房を嫌いになれねえ……！

第七話　推しにラブレターを渡しました。

八月第二週の金曜日。文芸部の部室にて。

いつも通りパソコン前の席に座った俺は、文芸コンクールに提出する用の小説を執筆するため、まっさらなワードを立ち上げた。それから、キーボードを打鍵する。カチャカチャカチャカチャ、ッターン。名作は書き出しから名作であることが多い。であれば、俺が名作にする予定のこの小説も、こんな美しい書き出しから始まるのだった――。

《国境の長いトンネルを抜けると、吾輩《わがはい》は激怒した。》

こいつ急にキレたけど、トンネルを抜けた先に何があったんだよ。

つか、名著の冒頭を融合させれば最高の書き出しになるとか思ってんじゃねえぞ。

「はあ……どっかに転がってねえかな、オリジナリティ……」

俺はそう呟《つぶや》きつつ、いま書いたばかりの文章を削除する。

一応、どんな作品にするのかという構想自体は徐々に固まってきたので、あとはそれをアウトプットするだけなんだけど……もしかして創作って、頭の中のものを形にする作業が一番難しかったりする？

そんなことを考えつつ、あれでもないこれでもないと小説の冒頭を書いていたら、からら、と。扉が横滑りする小さな音が響いた。なので、そちらに視線をやれば——上げた前髪をヘアピンで留め、綺麗《きれい》な両目を晒《さら》した檜原《ひのはら》が、そこに立っていた。

「こ、こんにちは！」

「お、おう……こんにちは」

いつもよりボリュームのでかい挨拶に俺がたじろいでいたら、彼女はどこか緊張した面持ちで部室に入ってきたのち、俺の隣の席に腰かけながら言った。

「きょ、今日は……わ、私があなたを好きな理由を、言いに来ました……！」

「え……ついに教えてくれるのか？」

「う、うん！　が、がんばりましゅ！　ます！」

「おお……なんか甘噛《あまが》みしてんのが気になるけど、頑張れ……！」

ヘアピンで前髪を上げているおかげではっきりと確認できる檜原の両目が、確かな決意と共に俺を見つめる。それを受けて、俺も少しばかり緊張してしまいつつ、彼女の目を見返していると……檜原は学生カバンから一通の封筒を取り出しながら、こう続けた。

「わ、私があなたを好きな理由。それは——」

「そ、それは……？」

「……く、口にするのは難しかったので、手紙にしたためました！　どうぞ！」

「お、おお。直接言ってくれる訳じゃないんだな……？」

そうして彼女は、その手に持っていた封筒を俺に渡してくれる。口下手だから手紙にしてきました、というのは、何だか檜原の『らしさ』が出ている気がした。

「いま読んでいいのか？」

「う、うん……いま、読んで欲しい……」

「ん……じゃあ、読ませてもらうわ」

俺は言いながら、封筒に貼られているハート型のシールを剝がす。

……ハート型のシールって、なんかラブレターみたいで照れるな。というか、これってラブレターなのか？　なんて思いつつ、封筒から手紙を取り出した。そこに並ぶ綺麗な字に驚いたのち、彼女がくれた手紙を、俺は読み始める――。

《夜宮《よみや》光助くんへ。

こうして男の子に手紙を書くなんて初めてのことなので、緊張しています……あと白状してしまうと、これはもう五枚目の手紙です。手紙って難しいね……というか、難しいのは言葉なのかな。伝えたい気持ちはこんなにあるのに、伝えるための言葉が全然足りてない気がするんだ。好き以外にも好きって言える言葉があればいいのに。

……私、また関係ないこと書いてる。ごめんね！　本題を書くね！

実は私、豪傑丸《ごうけつまる》ってハンドルネームで、あなたのブログにコメントしてました。》

「…………は!?」

その文章を読んだ瞬間、驚いた俺は手紙から顔を上げ、檜原を見つめた。

それを受けて檜原は、「つ、続きをどうぞ！」と言いながら両手を前に突き出す。なので俺は、そんな彼女に促されるように、手紙の続きを読み始めた——。

《私が初めて夜宮くんのブログ、『限界オタクの限界突破ブログ』を見つけたのは、もう二年くらい前かな……たぶん『鬼殺の剣《つるぎ》』っていうアニメの感想記事でね、はっきりと「あそこが好き。あそこはクソ」って言い切ってくれるのが気持ちよくて、だから「面白い人だなー」って思いながら、ずっとあなたのブログを読んでたの。

そんなある日、『劇場版・バレット妹ミヤコちゃん』を観《み》に行ってね……私はすっごい面白いと思った！　でも、一緒に行った友達が「全然面白くなかった」って言うから、その子に嫌われたくなかった私は「……だよね」って答えたんだ。

家に帰ってからネットの感想も調べたけど、ネットでも『面白くない』ってみんなに言われてて、何で私と同じ感想の人がいないんだろうって、そう思った……たぶん、当時あの映画は炎上してて、面白いって言った人が『あれを好きとかありえない』って糾弾される空気だったから、本当は面白いと思った人も、それを言えなかったんじゃないかな。

それなのに夜宮くんは、【『劇場版・バレット妹ミヤコちゃん』の良さを全くわかっていないお前らボンクラに捧《ささ》ぐ、ネタバレ感想】ってタイトルのブログ記事を更新してた。

……この人、ちょっと馬鹿なんじゃないかなって、正直思ったよ？（ごめんね？）でもね、それ以上に私は、夜宮くんに救われたんだ。

ああ、思ったことを思ったことのまま、口に出していいんだって。

それが正しいのか間違っているのかはさておいて、それでも……好きなものを好きと、嫌いなものを嫌いだと、思ったままに言葉を紡《つむ》げるこの人は、なんて素敵な人なんだろうって、私は思ったんだ。

だから、そんな素敵な人とお話がしたくて、私は豪傑丸として、あなたのブログにコメントを始めました。

そうしてあなたのブログにコメントしているうちに、あなたのブログを読んでいるうちに、私は……夜宮くんの人間性に、どんどん惹《ひ》かれていった。

夜宮くんの記事にはいつも、ちゃんと「好き」と「嫌い」があった。好きだけを語るんじゃない。嫌いだけを叫ぶんじゃない。そんな正直な人間性に、私は惹かれたんだよ。

あと私、あなたのコメ返しも好きなんだ……夜宮くんって、解釈違いのコメントには「それは違いますよ」って普通に言うよね？　だけど、相手を傷つけないよう最低限の配慮はしてて……だからこの人は、心根が優しい人なんじゃないかなって、そう思ったの。

……たぶん、この頃にはもう、恋心になってた。

笑っちゃうよね。私はずっと、顔の見えない誰かに、恋をしてたんだよ。

でももちろん、よーすけさん……『限界オタクの限界突破ブログ』の管理人さんとリアルで会えるとも、どうにかして会いたいとも思ってなかったから、文芸部に入って……夜宮くんがトイレに立った時に、ちらっとパソコンの画面を覗《のぞ》いちゃったら……私がいつも読んでるブログの管理画面を開いてたのには、本当にびっくりしちゃった。

びっくりしすぎて、幽霊部員になっちゃったよ。あはは！　あははって言ってる場合じゃないか。あはは！（ここ、夜宮くんの文章っぽくない？　ぽくなってたら嬉しい！）

実のところ、私が幽霊部員になったのには、二つ理由があってね……一つは、文芸部室でブログを書く夜宮くんの邪魔をしたくなかったから、っていうのと（私にとって、推しの夜宮くんがブログを書いてる時間は、神聖なものだから！）。

あと一つは、単純に……大好きな人と一緒にいるのがしんどかったから、だよ。

……これは説明しても、夜宮くんにわかってもらえるのかな？　それでも一応説明するとね、夜宮くん……恋心ってけっこう疲れるんだよね！

あなたの隣にいるだけで、心臓がドキドキドキドキしちゃって、死にそうになるし。

あなたがパソコンに向かってる姿を見るだけで、尊さで目が潰れそうになるんだよ。

だから、自分に甘い私は、大好きな人のいる部室から、ちょっとずつ足が遠のいちゃったんだ。……こうして、私にとって夜宮くんは、手を伸ばして抱き締める人じゃなくて、いつまでも遠くから見つめているだけの、憧れになったの。

ほんと、我ながら弱虫だよね……でもね、それっぽいことを言わせてもらえるなら、成就《じょうじゅ》するだけが恋じゃないと思うから。こうやって勝手に抱いて、ひっそり死んでいく恋があってもいいんじゃないかな、なんて、私はそう思ってたんだよ。

……花房《はなふさ》さんが、「ねえ、檜原さん。夜宮くんが何の部活に入ってるか知ってる？」って聞いてくる、あの日までは。

本当に、あの日の自分の愚かさを、いまでも悔やんでる……どうして私はあの時、花房さんに「知らない」って言わなかったの？　そう言っておけば花房さんが、夜宮くんの聖域である文芸部の部室にやってくることも、なかったのに……。

正直な話。私は、花房さんと夜宮くんがどういう関係なのか、ちゃんとは知らない。でも、知ってるよ……何かこう、二人っきりの放課後、二人っきりの文芸部室で、友達以上、恋人未満な距離感でイチャイチャしてるのは知ってます……！　泣きそう。

本当、くだらない女だよね、私……だってそれまでは、夜宮くんと恋仲になれなくてもいい、憧れのままでいいって、そう思ってたんだよ？　でも実際、夜宮くんに手を伸ばす彼女が現れたら……「返して」って、そう思っちゃったんだ……。

私のじゃないんだよ、夜宮くんは。私のじゃなかった。

それでもね、思ったんだよ――「取らないで」って。

私の方がずっと前から大好きなのに、そんなのずるい、って……。

……ごめん、やっぱりこの手紙も書き直そうかな。こんなこと書いて、夜宮くんに好きになってもらえる訳ないもんね……自己中なんだなあ、私……夜宮くんと二人っきりの時には、何の勇気も出せなかったくせに。花房さんが現れてから、慌てて夜宮くんに近づこうとするなんて……自分で自分が嫌になるよ。

花房さんはきっと、こんな女の子じゃないんだよね？

でも残念なことに、私はこんな女なんだ……こんな女だから、夜宮くんが他人のものになっちゃうってわかった途端に、あなたに告白したの。


ごめんなさい、夜宮くん。でも、好きです。

ずっと前からあなたのことが好きでした。

これからも、好きでいさせてください。

檜原由女《ゆめ》》

手紙を読み終え、俺は「ふう……」と、小さく息を漏らす。

何というか、胃にズシンとくる手紙だった……彼女から直接渡された感情をどう処理したらいいのかわからなくて、だから俺は熱くなった顔を俯《うつむ》け、小さく胸を詰まらせた。

「「…………」」

そうして、部室に沈黙が落ちる。

……何も言わないのは、あり得ない。檜原にこうしてちゃんと好意を伝えられた以上、俺は彼女に何かを言わなきゃいけないのに――檜原に尋ねるべき色んな事柄を一旦棚上げにして、無理くり俺が口にしたのは、こんな言葉だった。

「あ、あの……檜原《ひのはら》さん？　お前って、豪傑丸さんだったのか……？」

「う、うん……」

「いいいいいいつもコメント、ありがとうございますッ！」

「な、なんでいきなり、深いお辞儀……？」

突如限界オタク化した俺を見て、わかりやすく戸惑った顔をする檜原。しかし、椅子から立ち上がり檜原に深く頭を下げた俺は、たじろぐ彼女を無視したまま、言葉を続けた。

「本当、俺がブログ記事を書く度に、素敵なコメントをありがとうございます！　個人的に好きだったコメントは、俺が『青よりも蒼《あお》い空』のネタバレ感想を書いた時に、『たぶんこの作品のヒロインである美空《みそら》は、主人公を好きになったのではなく、愛していたんだと思います。だから最後、ああいう選択が取れたんじゃないかな、、』ってやつで、あれはマジでこいつ読解力ヤバ過ぎだろ、豪傑丸さん天才かよって思いました！」

「あああありがとうございます！　よーすけさんにそう言ってもらえるの、滅茶苦茶《めちゃくちゃ》嬉《うれ》しいです！　というかよーすけさんも、あの時の感想記事は神がかってました！　『主人公の青一《せいいち》が美空を好きにならなかったのは、彼女を好きになる自分を許せなかったからで、そこまで自覚してたらそれはもう紛れもない恋愛感情なんだよ！』って書いてあったのには、僕も目から鱗《うろこ》がポロッてなりました！　よーすけさんこそ、キャラクターを解釈する能力が高過ぎだと思います！」

「ああああありがとうございます！　あの記事は気合入れて書いたので、そういう俺の気づきに気づいてくれてありがとうございます！」

「こここここちらこそありがとうございます！　いつも素敵な感想記事を、ありがとうございます！」

そうしてお互いに頭を下げながら、お互いを褒め合う限界オタク×２。いやあ、檜原が豪傑丸さんだったなんて、驚きだわ……俺は改めてそう思いつつ、下げていた頭をゆっくり上げると、テンションをフラットに戻して続けた。

「いやほんと、檜原さんが豪傑丸さんとか、全く気づいてなかったわ……つか、何で豪傑丸なんて可愛《かわい》さの欠片《かけら》もないハンドルネームにしたんだよ。女の子なんだし、もっと『ぷるぷるいちごぷりん』とか、そういう可愛い名前にすりゃよかったのに」

「よ、夜宮《よみや》くんのイメージする『可愛いハンドルネーム』のセンスが酷《ひど》い……」

「やめろ。俺のセンスにツッコむな。いまのはボケてねえよ」

「ふふっ……でも、私が豪傑丸って名前にしたのは単純で、よーすけさんにナメられないために、ゴツい名前にした……」

「何故《なぜ》ブログの管理人にナメられたくないと思ったのかお前は。管理人はコメントしてくれた人をハンドルネームでナメたりナメなかったりしねえよ」

「………」

「???　檜原さん?」

話の途中でふいに、沈鬱げに目を伏せる檜原。それを受け、俺が彼女にそう呼びかけると、檜原は、ちら、と俺の方を一瞬だけ見つめたのち、か細い声でこう言った。

「……が、ガッカリしてない?」

「は?　ガッカリ?　なんで」

「………豪傑丸って、名前なのに……お、女、だったから……」

檜原は顔を俯けたまま、ちらちらとこちらを見やる。……口を開けてぽかんとした俺が何も言えずにいると、彼女はどうにも不安そうな声音で、言葉を絞り出すように続けた。

「実を言うと、私が夜宮くんを好きな理由を言えなかったのも、これのせい……私は、私が豪傑丸だって、夜宮くんに知られたくなくて……だって私じゃ、ガッカリされちゃうと思った……だから、言い出せなくて――」

「いや、なんでそう思ったんだよ。関係ないだろ、そんなの」

「――――」

俺のそんな言葉に、檜原は目を見開いてこちらを見やる。……その、必要以上に俺という人間を高く評価するようなまなざしに居心地の悪くなった俺は、慌てて続けた。

「勘違いすんなよ？　俺はいま、お前を安心させたくてそう言ったんじゃないからな？　そうじゃなくて……俺は本当に、豪傑丸さんがどんな人だろうと、決してガッカリしない自信があるからそう言っただけだ。……いつも俺を下に見てる、俺の嫌いなクラスメイトの梶浦《かじうら》辺りが豪傑丸さんだったら、嫌な気分にはなるけどな！　でもだからって、俺のブログにコメントしてくれた豪傑丸さんが嘘《うそ》になる訳じゃないだろ？　だから俺は本当に、豪傑丸さんがどんな人でもよかったし――むしろお前でよかったくらいだ」

「よ、夜宮くん……」

「落ち着け檜原さん。マジで感心しなくていいんだって。檜原さんはたぶん、俺っていう男に幻想を抱きすぎなんだよ……俺はそんな、檜原さんが思ってるような大した人間じゃないんだから、あんま評価しすぎないでくれ」

「……ど、どうして夜宮くんは、自分の好感度が上がったことに対して、そんなに嫌悪《けんお》感を示してるの……？」

「……俺っていう人間が順当な評価に落ち着かないのが嫌なだけだよ」

本来、俺なんていうのは女の子に好きって言われるような、何かに秀《ひい》でた男じゃないんだ。そんなの、俺自身が一番わかってる。

……だっていうのに俺は最近、檜原に告白されたり、推しに絡《から》まれたりしてて——それはきっと、俺が魅力的だからではなく、彼女達が本当に魅力的な男を知らないだけだ。

俺がそんなマイナスな思考を展開していると、ふいに——檜原が怒ったような目で俺を睨《にら》みつけてきた。え……檜原って、そういう目もできるんだな？

俺がそう戸惑っていると——『俺っていう人間が順当な評価に落ち着かないのが嫌なだけだよ』と言った俺に対して、彼女は強い口調で告げる。

いつもは見えていない檜原の瞳が、いまだけは強く、鋭く、俺の目を捉えていた。

「私の好きな人を馬鹿にしないで」

「…………」

「夜宮くんが思ってる以上に、夜宮くんは素敵だよ。だから、馬鹿にしないで……」

……相手の立場になって考えてみる。

俺だって、自分の好きな女が——「私なんて魅力的な女の子じゃないから……」と言ったら、何言ってんだこいつ、と腹立たしい気分になる。であれば、自分を卑下するようなことを、俺を評価してくれている人の前で言うのは、相手を侮辱しているのと同じなんだなと、俺はそんな単純な事実にようやく気づくのだった。

「……ああ、わかった。ごめんな、檜原さん……」

檜原の言葉を受け、俺がそう謝罪すると——檜原は頭をふるふる左右に振って、大丈夫、という意思表示をする。それから、彼女は俺に笑いかけながら、こう言ってくれた。

「そんなところも、あなたの魅力」

「——」

ああ、やばい。まずい……自分の頬が真っ赤になったのを自覚する。手紙で思いを綴《つづ》られ、こうして言葉でもそれとなく伝えられることで、わかってしまった——。


檜原由女はちゃんと、俺という男のことが好きだ。


……本物じゃないと思ってた。

嘘とまでは言わなくとも、勘違いだと思っていた。

いまだって、檜原は勘違いをしてると思ってる。……俺っていう人間は決して、彼女がブログを読んだ程度のことで好きになるような、強烈な魅力を持った人間じゃないんだ。

俺はそう思うけど、でも……彼女が抱いてくれているそれは、偽物《にせもの》じゃない。その根本にあるのは勘違いかもしれなくても、それでも——彼女は確かに、本物の恋をしていた。

「ど、どうして、俺なんだよ……」

ダッセエ質問が声になる。ほんと、どうしてこんな俺なんだよ？

しかし、檜原はそうやって自身を卑下する俺を慈《いつく》しむような眼差《まなざ》しで見つめたのち、少しだけ悪戯《いたずら》っぽい表情を浮かべる。それから、彼女は頰を朱色に染めながら、どこか楽しげな声音で、こう言うのだった――。

「どうしても、夜宮くんなんだよ」

第八話　推しとご飯を食べた。

「あっ……やっほー！　来てくれたんだ」

「来てくれたんだっていうか……行かざるを得ないだろ、あんなラインされたら」

檜原から手紙を貰《もら》い、彼女の感情を知った、翌日。

『本日午後8時にさいたま新都心駅前に集合』

家でだらだら『バカとテストと召喚獣』の三巻を読んでいた俺が、そのメッセージを受け取ったのは、午後六時過ぎ。それから大慌てで花房《はなふさ》に会っても恥ずかしくない格好に着替えた俺は、現在――さいたま新都心駅の前で、青色のブラウスに白のパンツルックという、眩《まぶ》しい私服姿の推しと、こうして会ってしまっていた。

……ファンが推しと待ち合わせるとか、マジであり得ないのに――何時にどこ集合、とだけ送りつけてくるラインは、推しを待ちぼうけさせることなんかできない俺みたいな拗《こじ》らせファンには、効果てきめんだった。天才かこいつ。

そうして、久々に会った花房は俺の全身を眺めながら、嬉しげに顔を綻ばせる。……それを見ていられずに俺が顔を逸《そ》らしたら、彼女はくすっと笑いながら、口を開いた。

「久しぶり、光助《こうすけ》。ここ一週間くらい憂花《ゆうか》ちゃんに会えなくて、寂しかったでしょ？」

「べ、別にー？　俺は俺でラノベとかアニメとかゲームとかで充実した夏休みを送っていたので、寂しさなんか微塵《みじん》も感じてませんけどー？」

「ふふっ、強がっちゃって。――さて。それじゃあ、ご飯食べに行こっか」

「……いやあの、花房さん？　そもそもの話なんだけど、俺達ってこれからご飯食べに行くの？　つか、花房さんはなんでこんな時間に、いきなり俺を呼び出したんだよ？」

「え？　そんなの、あんたと一緒にご飯が食べたかったからに決まってるじゃん」

「………………」

当たり前みたいな顔をして言う花房に、唖然《あぜん》とした顔をするしかない俺。

それから、花房はほのかに頬を赤らめつつも、胸を張りながら続けた。

「憂花ちゃん言ったよね？　――これからどんなに忙しくなっても、ちゃんとあんたに会おうとするって。だから憂花ちゃんはこうして、まんさきのレコーディングの合間を縫って、あんたと会ってるんだよ」

「そ、そうか……」

「つか、こんなの別に普通でしょ……仲の良い《い》奴《やつ》と時間を作って会おうとするなんて、全然、別に恋愛感情とかなくても、普通にあることだし。だから――そんなに顔を赤らめないでくんないマジで！　憂花ちゃんがあんたとご飯行くのに、すっごい特別な意味があるみたいになるじゃん！」

「す、すまん……」

「あーもー、こいつといると調子狂うなあ……マジで肩こりってダルすぎじゃない？　そこら辺にいる、憂花ちゃんと同じように肩こりになってる女子高生って、こんなクソうざいもんとどう向き合ってるわけ？」

「それはたぶん、ア○メルツとか塗って誤魔化してるんじゃないか？」

「いや、本当の肩こりの話じゃないから」

「本当の肩こりの話じゃないとはいったい？」

俺がそうツッコんでも、花房は赤ら顔でため息を吐《つ》きながら、「最近、もう一人の憂花ちゃんが出しゃばりすぎなんだよね……一回シメるべき？」と呟《つぶや》くだけだった。

「とりあえず、ご飯食べに行こ！　どっか行きたいとこある？」

「いや、特には……」

「この辺にあるのは確か――ラーメン屋、焼肉屋、ファミレスとかかな。コクーンにはフードコートもあるから、それもありっちゃありだよね。どうする？」

「うーん、どこがいいかねえ……うーん……」

「……うん！　じゃあもう、憂花ちゃんが決めるね！」

「あれ？　俺の意見を聞くタイムはもう終了ですか？　あまりにも短すぎない？」

「あんたが優柔不断してんのがいけないんじゃん。——任せて光助。憂花ちゃん、自販機の前に立ってから、何の飲み物を買うかで三秒以上迷ったことないから」

「マジかよ。決断力すげえなお前……」

「よし。それじゃあ、サルゼリアにしよっか。サルゼだったらあんたみたいな、親の脛《すね》を齧《かじ》ってるだけの貧乏高校生でもお腹《なか》いっぱい食べれるもんね？」

「そうだな。その通りだけど、そこまで言う必要は絶対にないよな？」

　俺はそうツッコみつつ、花房と共にサルゼリアへと移動する。さいたま新都心駅からすぐそばにあるその店に入ると、「何名様ですか？」と店員さんに尋ねられたので、花房が「二人です」と答えた。——禁煙席を選び奥の方のテーブルに案内された俺達は、向かい合って席に座る。すると、花房はメニューを開きながら、ぶつぶつと呟いた。

「大盛ペペロンチーノと、大盛ミートソースパスタ。ミラノ風ドリアに、半熟卵のミラノ風ドリア。マルゲリータピザと、ガーリックトースト。あとは辛味チキンに、デザートは後で頼むとして……とりあえずはそんなもんかな。光助は？」

「……カルボナーラの大盛。以上で」

「は？　なに？　あんたダイエットでもしてんの？」

「花房さんこそ、太るための努力でもしてんですか？　——ミラノ風ドリアと半熟卵のミラノ風ドリアのどっちもを頼む女子高生なんかいねえんだよ」

俺がそうツッコんでも、彼女はそれに対して「憂花ちゃんがいま頼んだけど？」と言うだけだった。本当に女子高生かお前。

それから俺達は、卓上のチャイムを鳴らして店員さんを呼ぶ。花房は宣言通りの大量注文をしたのち、追加でドリンクバー二人分と、ストローを二本、店員さんにお願いした。

そうして注文が終わると、俺はドリンクバーから飲み物を取ってくるため、席を立つ。

しかし、一方の花房は動く気配を一切見せぬまま、こう言うのだった。

「オレンジジュース」

「せめて『持ってきて』とか『お願いね』とか、そういう言葉をつけろや」

「オレンジジュース」

「お前、いつか怒られるからな？　世界は自分を中心に廻《まわ》ってるとかそんな傲慢な考え方をしてたら、いつかその天狗《てんぐ》になった鼻をブチ折られる時が来るから、覚悟しとけよ？」

「オレンジジュース」

「頑《かたく》なかよこいつ。ここまで自分を貫かれたらむしろ清々《すがすが》しいわ」

俺はそれだけ言い残して席を離れる。気づけば、自分の飲み物よりも先に、推しへのオレンジジュースを用意している俺がいた。彼女を一番甘やかしてるのは俺じゃねえかよ。

そんなこんなで、片手にはコーラを、もう片手にはオレンジジュースを持った俺が席に戻ると、花房は微笑《ほほえ》みながら「ありがと」と言った。……ここでお礼を言わなきゃ、ただの性悪女なのに。ちゃんとお礼を言うのは忘れないのが、どうにも花房らしかった。

そのうち、俺達が注文したメニューがテーブルに並び始める。それと同時に、花房が注文したストロー二本も、店員さんが持ってきてくれた。いまはもうドリバーにストローってないけど、こうやって注文すれば貰えるんだな……。

そんなことを思いながら、淡い水色の縦線が入ったストローを、花房が自分のコップに差すのを見ていたら、彼女は「ん」という言葉と共に、もう一本のストローを俺に渡してくれた。

「おお……別にいらなかったけど、ありがと」

「別にいらなかったけどって何よ！」

花房にそう怒られつつ、俺はストローを開封する。薄い緑色の縦線が入ったストローをコップに差し、一口飲んでみた。いやー、夏場のコーラってマジで美味《うめ》えよな……。

そうして、一通り注文が揃《そろ》った俺達は「『いただきます』」と口にしたのち、夕飯を食べ始める。サルゼのカルボナーラは値段と美味《おい》しさが良い意味で釣り合っていないので、こんなにお安くこんなに美味しいものが食べられていいんですか……⁉　と思いながら、食事を進めていたら――。

「ん。ん。ん」

花房が突然、俺のカルボナーラの皿に……マルゲリータの一切れ、ガーリックトーストの切れはし、辛味チキンの一本と、自分のメシの一部を置きだした。え、何これ。

「なに？　注文しすぎで食い切れなくなったのか？」

「違うし！　そうじゃなくて、これは……憂花ちゃんが美味しいと思ったものを、あんたにも食べさせてあげたいと思って、それで……」

「え……」

花房の発言を受け、俺は少し前のことを思い出す――彼女は以前、部室でお菓子を大量に開けた際に、俺がそれをちょっと食べようとしただけで、すげえキレてきた。

そんな彼女がいま、俺のためにご飯をおすそ分けしてくれるなんて、どういう風の吹き回しなんだと、そう疑問に思っていたら……彼女はわざとらしい声でこう言ってきた。

「だ、だから決して、こうやって憂花ちゃんのご飯をおすそ分けしたら、光助もカルボナーラを憂花ちゃんにくれるかなーとか、そういう期待はしてないんだからねっ！」

「よし待ってろ。いま取り皿に分けてやるから」

「……ちっ、余計なこと言った。つか、別に取り分けてくんなくても——あーん」

花房はそんな言葉と共に、俺に向かって大きく口を開ける。……ないないないない。推しにあーんとか、マジでないから。俺がそう思いながら、新しいフォークで自分のカルボナーラを小皿に取り分け続けていると、彼女は口を開けたままの状態で言った。

「はふはしいからはやくたへさせてくんない⁉（恥ずかしいから早く食べさせてくんない⁉）」

「あーあー。俺は何も聞こえない。そもそも、推しにあーんをするファンがありえない以前に、俺が女の子にあーんすること自体、ありえねえから……俺自身、そんなことをする俺を許せないので、推しの頼みでもそれは無理なんだよ」

「……この意気地なし」

「なんとでも言え」

「二次元でしかシコれない男」

「ごめんなさいなんとでも言えは嘘《うそ》でしたそれだけは言わないでください」

そんな会話をしつつ、俺はカルボナーラを小皿に盛り付け終える。そして、それを花房に渡したら「……ちょっと盛りすぎじゃない？」と彼女に言われた。……確かに、俺が盛ったそれは量が多過ぎて、小皿から零《こぼ》れ落ちそうになっていた。いつの間にこんな量に。

そう不思議に思っていると、取り分けられたカルボナーラを一口食べた花房《はなふさ》が、幸せそうな顔になって言った。

「おいしー！　憂花ちゃん的にはペペロンチーノが一番だけど、やっぱカルボナーラもいいよね！」

「…………」

その顔を見た俺は、花房が俺に色々とご飯をくれた本当の意味を、何となく理解してしまうのだった――ああ、そっか。

誰かと一緒にご飯を食べている時に、これを彼もしくは彼女にも食べさせたい、って気持ちになるのは、相手のこういう顔を見たいから、なんだな……ちょっとー？　なんか体が熱いんだけどー？　この店の空調どうなってんのー？

思いつつ、そのあとも夕食を食べ進める俺達。最後にデザートを注文し、それを（主に花房が）ぺろっと平らげたのち、俺は「ちょっとトイレ」と断って席を立った。

男子トイレの中に入り、さっさと用を足す。入念に手を洗いながら……檜原《ひのはら》とのこと、花房には話した方がいいよな、なんて考えつつ、俺は花房がいるテーブルへと戻った。

すると、花房は何故《なぜ》か顔を赤らめてもじもじしながら、こう尋ねてきた。

「お、おかえり。どうだった？」

「は？　ど、どうだったって……無事終わりましたけど……」

「そ、そっか。お疲れ」

「トイレから戻ってきた男にその発言ってあってんの？」

何か様子がおかしいんだけど、どうしたんだこいつ……俺は首を傾《かし》げながら、三杯目のコーラが入ったコップを手に持つ。そして、淡い水色の縦線が入ったストローで、それを飲もうとしたら――。

「うわっ、うわうわっ……！」

「ん？　どうした？」

「……い、いやー？　別にー？　憂花《ゆうか》ちゃん、もうそんなんじゃ動じないし？　まんさきのU－Ka《ゆうか》としてみんなより早く大人に交じって仕事してる憂花ちゃんは、言うなれば大人の女な訳だし？　だからいちいちそんな、間接キ――アレくらいでキャーキャー言うような、ウブな乙女じゃないから……そ、それ、早く飲みなよ」

「はあ。言われんでも飲むけど」

俺はそんな返事と共に、ストローを咥《くわ》え、コーラを飲む。

そしたら、次の瞬間――花房は「あわわわわわ……！」という謎の独り言を漏らしながら、両手で顔を覆ったのち、指の隙間からこちらを窺《うかが》った。それから、ストローでコーラを飲んでるだけの俺に何故か耳まで真っ赤になった顔を向けながら、彼女はこう呟《つぶや》いた。

「やっば、なにこれ……ちょっとエモ過ぎなんだけど。……エモっていうか、エロ？　こいつを騙《だま》した背徳感とか、間接アレができた女としての喜びとか、なんかそんなのが一緒くたになって、こう……——も、もうコーラなくなっちゃいそうだけど、憂花ちゃんが注いできてあげよっか？」

「え……なんで他人のために動きたがらない花房さんが、そんなことを……なんか怖いからいいわ……」

「な、なんか怖いって何よ！　ほら、憂花ちゃんが注いできてあげるっつってんだから、あんたはさっさとコップ渡しなって！」

「い、いいってマジで！　——なんだよほんと！　何でお前いま、目バッキバキにしながら俺のコップにジュースを注ごうとしてんだよ！　とりあえず落ち着けって！」

俺がそう叫んでも、花房は何故か鼻息荒く「はあ、はあ……ジュース、持って来てあげるっつってんでしょ……！」と呟き続けていた。さっきから推しの様子が明らかにおかしいんだけど……お前が飲んでるオレンジジュース、ちゃんと合法オレンジ使ってる？

俺は内心でそうごちりつつ、興奮している花房を落ち着けるため、諭すように言った。

「と、とりあえず、お前もジュース飲んだらどうだ？　そしたら、気分もちょっとは落ち着くだろ」

「………じゃあ、憂花ちゃんも、飲むから」

何故か熟れた林檎《りんご》くらい顔を真っ赤にしながら、花房はオレンジジュースの入ったコップを手に取る。そして、薄い緑色の縦線が入ったストローを、その口に咥え――ようとしたところで、ふいに俺を睨《にら》みながら、彼女はこう言った。

「ちょっと……こっち見ないでよ」

「は？　なんで？　俺いま、推しがジュース飲むのをぼーっと見てただけなのに……」

「い、いいから！　あっち向いてて！」

よくわからん花房の指示に、それでも素直に従い、彼女から顔を背ける俺。……もうこれ、ファンというよりは僕《しもべ》と言った方が正しいのでは？

そんな風に考えつつ、ぼんやり窓の外を見ていたら――「も、もういいよ」という声が聞こえてきたので、俺は正面に向き直り、花房を見やる。

すると、先程よりも更に頬を赤らめた彼女は、口元が緩むのを何とか我慢しようとするけど、やっぱり隠し切れずににやにやしちゃう、みたいな表情で、こう言うのだった。

「け、けっこうな、お手前でした……」

「それ、俺に言ってどうすんの？」

◆◆◆

お会計を済ませ、サルゼリアから外に出る。

店をあとにした俺達はそれから、「ちょっと歩こ？」と言った花房のリードで、さいたまスーパーアリーナからほど近い場所にある、けやきひろばという、公園みたいに開けた広場に移動した。

そこで俺と花房は、少し特徴的な真四角のベンチの一辺に、腰かける。

花房が先に座ったので、俺は彼女からヒト一人分の距離を空けて、彼女の隣に座った。

そしたら、すすっ、と。花房がその距離を詰めて、俺のすぐ隣に来てしまう。……近い。近いってこれ。そう思った俺が少しだけ腰を浮かし、彼女から離れようとしたら――。

「そんなことしたら、憂花ちゃん、ちょっと怒るから」

と言われたので、俺は浮かした腰をゆっくり下ろすしかないのだった。

……太ももと太ももが当たってんの、すげえ嫌なのに！　花房さんはもう少し、ファンと適切な距離を取ってください！

俺はそんなことを思いつつ、ふう、とため息を吐《つ》く。そしたら、花房はそんな俺を見て

「ふふっ」と、小さく笑みを零すのだった。さては俺の感情に気づいてんなこいつ？

そうして、大したことも喋《しゃべ》らないまま、しばらく二人でベンチに座っていたら——花房がふいに、世間話をするみたいに口を開いた。

「最近、檜原さんとはどうなの？」

「どうって、別に……」

「彼女、部活には来てる？」

「……まあ、うん……」

「…………マジで、あの女……」

俺の推しがちょっと怖い顔でちょっと怖いことを呟いた。すごくこわい。

俺がそうビビっていると、わかりやすく不機嫌そうな声音で、彼女は話を続けた。

「結局のとこ、どうなのよ？　告白されてすぐの頃は、檜原さんがあんたを好きってこと自体、疑ってたみたいだけど……あの子はちゃんと、あんたが好きっぽいの？」

「ああ、それは……たぶん、嘘じゃないみたいだ。昨日、俺を好きな理由に関しては、ちゃんと説明されたから……」

「ふうん、そっか……」

花房はそう呟いたのち、夜空を見上げる。

つられて、俺も何の気なしに夜空を見上げてみたら——満天の星とまでは言わなくとも、それなりに。弱々しい光の粒が、薄闇の中でちかちかと瞬《またた》いていた。

「憂花ちゃんだけじゃ、なかったんだ——」

その小さな声を俺に聞かせる気だったのかは、わからない。

でも俺は、花房が漏らしたその一言に対して、ちゃんと……まんさきのＵ－Ｋａの拗《こじ》らせファンとして、聞き逃したフリをするのだった。

「で？　あんたはそれを受けて、どうするつもりなの？　……付き合ったりとか、するわけ……？」

「…………」

先程までの雰囲気とは打って変わって、花房はどこか弱々しい声音で、地面を見つめながらそう口にする。

それを受けて俺は、努めて能天気な口調で、彼女に告げるのだった。

「——しねえよ。付き合ったりしない。……より正確に言うなら、俺の方に気持ちがないのに、へらへら付き合うなんてことはできない、っていうのが正しいけどな。……昨日、檜原さんの思いが嘘じゃないのはわかったけど、だからこそ、好きって言われたから付き合おう！　じゃ、彼女の持ってる気持ちと釣り合いが取れてないのは明らかだしな。だからいまのところ、檜原さんと恋仲になる未来はあり得ねえよ」

「……いまのところ、なんだ……」

「……まあ、未来がどうなるかはわからないからな……ないとは思うけど、だからって今の俺が『百パーない』って断言するのは、やっぱ嘘《うそ》になっちゃうし……」

「…………」

しょげたような顔で無言になる花房を見て、よくわからない場所がズキリと痛む。

それは、推しにこんな顔をさせて申し訳ないという、単純なファン心理だけじゃない気がして……でも、この痛みの正体を何と呼ぶべきなのかは、俺にはわからなかった。

そうして、何も話さない花房の代わりに、俺は慌てて口を開く——いつもだったら彼女との間に沈黙が落ちても、それを許せていた筈《はず》なのに……いまだけは何故か無言を怖がってしまった俺は、余計なことまで言葉にした。

「まあ、未来がどうなるかわからない、とは言ったけど……実際、俺が檜原さんと付き合う未来はまったく見えてないんだよな……それよりも俺は、彼女と付き合わなかった場合に俺がどうしなきゃいけないのか、それが怖いと思ってる。——だって『俺はお前が好きじゃないからお前とは付き合えない』って言わなきゃならないんだぜ？　以前、花房さんもクソ先輩の告白を断るのに色々考えてたみたいだけど、あの時のお前の気持ちがようやくわかった。誰かに好きになられるのって、嬉《うれ》しいだけじゃないんだな……」

「…………」

　そこまで話してようやく――いや、俺は花房《はなふさ》に何の話をしてんだよ！　と、遅まきながら自身の過《あやま》ちに気づいた。いま俺が抱えている悩みを、俺のせいで辛《つら》そうな顔をしている花房に相談してんじゃねえよ……自分のことしか考えてなさすぎだろ、俺……。

　そんな風に俺が自己嫌悪《けんお》に陥っていると、花房は急に立ち上がる。……もしかして、いまからビンタでもされるのだろうかと少し怯《おび》えていたら、彼女はこちらに向き直り、俺の目を真っすぐ見つめた。

　その燃えるような瞳に射貫《いぬ》かれる。いま、先程まで沈鬱な顔をしていた彼女の目の中にあるのは、失望でも、悲嘆でもなくて――強い意思、それだけだった。

「憂花ちゃん、負けないから」

「…………」

「絶対に負けてやんない。あとからしゃしゃってきて、何なのあの女……光助《こうすけ》がどんな人間か、知らないくせに。こいつがどんなにダメな男で、どんなに意気地なしで――どんなにカッコ悪いのか、知らないくせに」

「……あの、花房さん？　そういうのって普通、最後は褒めるのでは……」

「言っとくけど、憂花《ゆうか》ちゃんにとってあんたは、憂花ちゃんの人生において絶対に必要な人って訳じゃないから」

　空気を読まずにツッコんでしまったからか、花房は俺を睨みつけながらそう言った。次いで彼女は、「つか、私が立ってるんだから立てし」と、若干理不尽な感じで俺に怒る。なので俺は慌ててベンチから立ち上がり、花房の正面に立った。──すると彼女は、女の子らしからぬカッコいい目つきをしたまま、力強い声音で続けた。

「私は絶対に、一人でだって生きていけた。あんたなんかいなくたって、別に大丈夫だったんだよ。憂花ちゃんは、男に支えてもらわなくちゃ生きていけないような、だらしのない女じゃない。むしろ……憂花ちゃんはあんたに会って、花房憂花としての強度を失ったの。女として脆《もろ》くなった。女だから、あんたに弱くされちゃったのよ──」

「…………」

「でも、だからって手放さねーから」

　そう言った、次の瞬間──がばっ、と。

　花房は目の前の俺に向かって勢いよく、正面から抱きついてきた。

「な──お、おおおおおおおい！　ははははは花房さん⁉」

「…………」

俺がそうたじろいでも、花房はそれを無視した。――俺の腰に腕を回し、俺のことを強く、きつく抱き締め続ける。気温も決して低くない、夏の夜。花房の熱い体が、俺の熱い体にまとわりつく。女の子のいい香りに、少しだけ汗の匂いが混じっていた。

そうして、推しに抱き締められながら俺は、そういえば……過去にも一度、こうして彼女に抱き着かれた経験があるのを思い出した。しかし、前回と今回とで違うのは――そこに、花房自身の強い意思があるかないかだった。

花房とちょっとした喧嘩《けんか》をして、その結果抱き締められたあれは、彼女がそうすることを我慢できなかったからそうした感じだったけど――今回のこれは。

花房がちゃんと、俺やあの子に対して、宣戦布告するように。

俺が誰のものなのかを、俺に思い出させるかのように……感情ではなく理性で。確かな決意と共に踏み出した一歩だった。

「あんたに出会わなくったって、憂花ちゃんは幸せだった。一人で生きたって、あんた以外のつまんない男と付き合ったって、それを掴《つか》み取れるだけの才能が、憂花ちゃんにはあるんだから。でもね、光助――憂花ちゃんはそれでも、あんたがいいのよ」

「――――」

「憂花ちゃんの人生において絶対に必要って訳じゃないあんたが、絶対に欲しいの。誰にもあげたくない。本気で手放したくない。――わかんないでしょ、こんな気持ち。こんなに本気になったこと、あんたはまだないでしょ？　憂花ちゃんだってこんなの、あんたに会うまで知らなかったんだから……」

ぎゅっ、と。縋《すが》るように腰に回された両腕が、俺をより強く締めつけた。

そうして体が密着する度に、彼女の体の柔らかさを否《いや》が応《おう》でも感じてしまう……腕の感触、胸の感触、髪の感触――触れ合う部分がやけに熱い。花房の感情が直接、彼女の体温と一緒に流れ込んでくるみたいで、俺はどうしたらいいのかわからなくなった。

「檜原《ひのはら》さんと付き合わないで」

「……花房、さん……」

「まさか、憂花ちゃんのお願いを断るとか、そんなことしないよね？　だいたい、憂花ちゃんの大ファンであるあんたが、憂花ちゃんのお願いを断ってもいいと思ってんの？　あんたにとって憂花ちゃんのお願いは、何よりも優先しなきゃいけないものなんだから……お願い、光助……」

「…………」

いつもの口調で紡《つむ》がれていた言葉は、最後の最後で強がりだとわかってしまう声音に変わる。――そうして、花房は強く抱き締めていた俺を、唐突に解放した。瞬間、けやきひろばに夏の風が吹き抜ける。心地のいい涼しさが俺達の体を通り抜けていった。

「「…………」」

どこか居心地が悪い、というよりは……どうにも歯痒《はがゆ》い沈黙が、俺と彼女の間に落ちる。

二人が二人とも、何を話すべきか悩むような時間がしばらくあったあとで、花房は努めて明るい声で言った。

「……それじゃあ、帰ろっか」

「だな……」

「また時間が空いたら呼び出すから、ラインの確認はこまめにしといてよ？」

「……あの呼び出し方、俺に人権がなさすぎて困るんだよな……」

「あははっ」

花房の笑い声が夜に響く。そうして俺と花房は二人で、駅の方へと歩き出した。

……お互いに、お互いの顔が真っ赤になっていることだけは、決して触れないまま。

第九話　推しとアニ森をプレイしました。

花房に宣戦布告（？）をされた、翌週。

俺が文芸部室の扉を開けると、そこには既に、前髪で目元を隠した檜原が座っていた。

「あ……こ、こんにちは、夜宮《よみや》くん」

「……お、おう、です……」

「おうです？」

檜原の感情を改めて知ったあの日以降、初めて檜原と会う、今日……部室に入った俺はつい、パソコン横の席に座る彼女から距離を取るように、普段は座っていない、檜原から見て斜め前の席に腰を下ろし——精神的にも物理的にも、彼女を遠ざけてしまった。

ただ、俺がそうなるのも当然で、その理由は……俺をガチで好いてくれているらしい彼女と、どういう距離感で接すればいいのか、わからなくなってしまったためだった。

……いやほんと、俺はいま、檜原に対してどんな俺でいればいいんだ……とりあえず、気まずいからってこうして距離を取り続けるか？　それは一番の悪手なんだよなあ……。

「「…………」」

俺がいつもの席に座らなかったことで、避けられている事実を敏感に察知した檜原が、しょぼんとした顔になる。一方、そんな彼女の様子を見た俺も、罪悪感でしょぼんとした顔になった。……陰キャは言葉を介さなくても相手の気持ちを何となく想像できてしまうのが、本当に厄介だった。

そうして、それから四時間後。

「「………………」」

最初の挨拶以降、一言も話さなかった俺達の間には、なおも沈黙が続いていた。

俺はそれを努めて気にしないようにしつつ、文芸コンクールに提出する自作小説の、今後の展開をルーズリーフに書き出して整理する。……一応、既に原稿を書き始めてはいるんだけど、実際に書いてみたらまあキャラは勝手に喋《しゃべ》るし物語は想定していた方向から逸《そ》れていくし文章力は足りないしでほんと小説を書くのって難しいのな⁉

思いつつ、俺が小説の今後の展開に頭を悩ませていたら、いつの間にか俺の隣に座っていた檜原が（⁉）ふいに、おずおずとした声で尋ねてきた。

「……あ、あの、夜宮くん？　夜宮くんって、ゲームとかするよね……？」

「え？　うん。するけど……」

「じゃ、じゃあ、今日の夜……家に帰ったら、ええと……一緒に、アニ森しない？」

「な、何故に？　というか、檜原さんは何で俺がアニ森を持ってるのを知ってるんだ？」

「それは、その……ブログで、記事書いてたから……」

「あ、ああ、そっか……」

俺がそう納得すると、檜原さん（豪傑丸さん）は小さく笑った。そうか、俺の趣味嗜好《しこう》垂れ流しブログの常連である檜原には、俺の好きなもの、嫌いなものはだいたい把握されてるんだな……。

ということは、一度ブログ記事にしてしまった以上、俺の大好きなえっち漫画ベストテンも、彼女には筒抜けの可能性が大なんですね？　死にてええええ！

そこまで想像してしまった俺が羞恥心から頭を抱えていると、檜原は言葉を続ける。前髪で半分隠れた瞳が遠慮がちに、けれど確かに俺を見つめていた。

「……今日はあんまり、部室で喋れなかったから……だからもうちょっとだけ、夜宮くんと一緒に、オンラインのゲームで遊びたいん、だけど……い、嫌？」

「…………い、嫌ではないけど……」

先週、俺の推しから、『檜原さんと付き合わないで』と言われた。

なおかつ、俺の感情としても、俺を好きと言ってくれている檜原さんに、どんな態度を取ればいいのか、わかっていなくて……だから率直に言えば、困る提案ではあった。

……わかってる。花房《はなふさ》のあの言葉は、俺の好意を檜原に向けるなという、推しからのお達しであり、この場合における『断る理由』にしてはいけない。だから、俺が彼女の提案を断るのなら、俺個人の理由として──『俺を好きなお前とどう接したらいいのかわかんないから無理』と、そんな身勝手なことを言わないといけないけど……。

「……嫌じゃない。嫌じゃないから、うん……あとで一緒に、ゲームするか……」

「！！！　う、うん！」

結局、彼女のお誘いを無下にできなかった俺は、檜原にそう伝える。すると彼女は、可愛《かわい》らしい小さなガッツポーズをしたのち、「言ってよかった……」と呟《つぶや》くのだった。

「…………」

ほんと、どうしてこんな可愛い子が、俺のことを好きなんだろうな……もしかして俺って、前世で一億ぐらいユ○セフに募金してる？

◆◆◆

『あちまれェ！　アニマルの森』──通称アニ森は、ＳＤキャラの動物達を自分の島に住まわせて、ほのぼのスローライフを送ることができる、ス○ッチ専用のゲームだ。

俺も一時期このゲームにハマっていて、だから結構やり込みはしたんだけど、誰かと一緒にやるのは初めてなので、ちょっと緊張すんな……。

思いつつ、俺はゲームを起動し、島の空港（オンライン通信用ロビー）で檜原の連絡を待つ。すると、ゲーム機本体に《もう島に入れるよ》というメッセージが送られてきた。

なので俺は早速、空港で檜原の島を検索——『しゅくだいをぼいこっ島《とう》』なる名前の島がヒットしたので、俺は通信を開始して、彼女の島に飛んだ。

俺のアバターである半袖短パンの少年が檜原の島に降り立つ。すると空港で、頭にホールケーキみたいな帽子を被《かぶ》り、胸元に『クレイジーガール』と書かれたTシャツを着た女の子が待っており……そんな檜原のアバターは俺の到着を受け、フキダシでこう喋った。

【どうも、本〇翼です】

【ふざけすぎだろお前】

【でも、私とゲームするより、本〇翼さんとゲームできる方が嬉《うれ》しくない？　だから私、今日は本〇翼として夜宮くんとゲームするね？】

【どういう気の遣い方だよ。いいから、いつものお前としてゲームしてくれって】

【……それはつまり、本〇翼さんよりも私の方が好き、ということ……⁉】

【いや他意はないから。ほわほわすんな。嬉しそうにほわほわすんな】

檜原のアバターが頭上にお花を咲かせながらニコニコするエモートを始めたので、俺はそうツッコんだ。檜原は本当、アバターになり切ってる時が一番楽しそうだよな！

そんなことを思っていると、ほわほわエモートをやめた檜原のキャラが、フキダシでこう喋りかけてきた。

【私、本〇翼じゃないけど、ボイチャしていい？】

……ちょっと意外な提案だった。

檜原的にはこうして、ゲーム上のテキストチャットをしている方が気楽というか、役になりきれるぶん、俺と話してて緊張しない筈《はず》なのに……そんな彼女がテキストチャットではなく、ボイスチャットを望んでくれたということはつまり、彼女は徐々にでも俺に慣れ始めてくれているのだろうか？

俺はそんなことを思いつつ、短パン少年を喋らす。返事はもちろんイエスだった。

【いいぞ。アニ森って確か、アプリを使えばボイチャできるんだっけ？】

【うん。フレコ送るね】

そうして、フレコ——檜原のフレンドコードが俺のゲーム機本体に送られてくる。それから、お互いに何個か手順を踏んだのち、俺達はスマホのゲームアプリを介して、ボイスチャットができるようになった。

「あー、あー。聞こえるか？」

『う、うん、聞こえるよ……』

「おし。これでオッケーだな」

『……ど、どうも、本〇翼です……』

「ボケをやり直さなくていいから。つか、やるなら恥ずかしがんなよ。そんな小声でぼしょぼしょボケられたら、俺も照れちゃうだろ……」

『ふふっ……』

俺がいま着けているワイヤレスイヤホンから、小さく笑い声が漏れてくる。……一緒にゲームをやるという明確な目的がある上でのボイチャは、部室で二人っきりのあの空間よりもだいぶ気が楽で、だから俺も彼女も自然とリラックスした声音になっていた。

【それじゃあ、私の島を案内するよ。来て】

そう言う檜原《ひのはら》のアバターについていく、俺のアバター。そうして俺は檜原の案内で、彼女の島にある施設や建造物を見て回った。

『あっちのが作りかけの果樹園で、あれが建設途中の橋。それから、あそこがまだ遊具を入れてない公園で――ここは、整地する予定だけどまだ整地してない、ただの空き地』

「もしかしなくても檜原さん、途中でこのゲーム飽きたろ」

『てへぺろ』

「いや、てへぺろって口で言うやつじゃねえから」

顔が見えていないからって緊張してなさすぎだった。部室だったら絶対そんなこと言わないだろお前……。

そのうち、可愛らしいワンピースを着たブサカワな豚を見つけたので、俺はそいつに話しかけに行く。――アニ森は色んな種類の動物を自分の島に住まわせることができ、しかもその住民と仲良くなったら、自由に名前をつけてあげることもできるのだ。

ブサカワ豚は俺のアバターに喋りかけられると、ニコニコ笑顔でこう返事をした。

【〈トンカツ〉――こんにちは！　見かけない顔だけど、この島に遊びに来たの？　この島はいい島だよ！　是非ゆっくりしていってね！】

「……可愛いな、トンカツ。俺の島に持って帰ってもいいか？」

『ふふっ、駄目です』

それからも俺は、檜原の島を見て回るうちに、色んな住人と出会った――。

白いタンクトップ姿で筋肉を自慢してくる、牛の〈ステーキ〉。

アイドルみたいなキラキラした服で外を出歩く、猫の〈三味線〉。

スーツにサングラスといういかつい着こなしをする、ニワトリの〈ケンタッキー〉。

可愛いキャミソールを着て走り回る、馬の〈馬刺し〉――それらの住人と交流を深めた俺が、Tシャツに短パン姿の羊に話しかけると、こう返ってきた。

【〈ジンギスカン〉――よう！　俺の名前はジンギスカン！　この島のムードメーカーさ！　お前も何か困ったことがあったら、この俺、ジンギスカン様に相談しろよな！】

「……おい檜原さん！　お前まさかだけど、この島に住む動物の名前を、『その動物でできるもの』にしてるだろ！」

『ふふっ……バレた？』

「可愛く、バレた？　じゃねえよお前！　豚に〈トンカツ〉の時点で、檜原さんはブラックユーモアがある女の子だなあと思ってたけど、だんだん笑えなくなってんぞおい！　猫に〈三味線〉はブラックすぎるだろ！」

『どうしてもアニ森のみんなを使って、「名前大喜利」がしたくて……』

「檜原さんはバラエティ好きすぎだろ……」

『うん！　あ○こち○ードリー大好き！』

ツッコミをしたつもりが、普通に同意されてしまった。バラエティ好きすぎだろ。

そうして、檜原の島をぶらぶら散策していたら、島の端の方に不気味な空間があることに気づいた。なので俺がそちらに近づいてみると、そこには……鉄柵が檻《おり》のように並んでおり、その簡易的な檻の中に、この島の住民と思《おぼ》しきゾウの男の子が軟禁されていた。

「え……なにこれ……」

何というか、そこだけ異様な光景だった。……物々しい鉄柵に囲まれた、一人のゾウ。ジャージ姿の彼はどこか困ったような顔で、鉄柵の中をぐるぐる歩き回っている。

その、アニ森らしからぬ雰囲気に圧《お》されていると、檜原が『この看板見て』と言いながら、柵の前に立つ看板の横に、アバターの女の子を移動させた。

それを受け、俺は看板の前に自身のアバターを立たせる。Aボタンで看板を選択し、その内容を確認してみたら、そこには――。

《アフリカゾウ（檜原動物園）》

と書かれていた。

「こっっっっっっわ⁉　なななな、なにこれ⁉　お前なに、アニ森の世界で動物園作ってんの⁉　アニ森って、SDキャラの動物達とみんなで仲良く暮らそう！　ってコンセプトのゲームなんだぞ⁉　それなのに、お前……ちゃんと動物として扱うなよ！」

『ふふふっ……』

「笑うな笑うな！　俺がいましてんのは、ツッコミじゃねえから！　倫理観の訂正だからな⁉　お前ほんと、このゲームの住民達をなんだと思ってんだ⁉」

『ゲーム上のデータ』

「こっっっっっわ⁉」

アニ森──それは、人間と同じように喋《しゃべ》る可愛らしい動物達と仲良くなって、現実世界で荒《すさ》んだ心を癒《いや》す、スローライフゲームなのに……このゲームをやって、こんなにも彼らのことをちゃんと『ゲームデータ』だと思える檜原は、マジで恐ろしい女だった。

そんな風に俺が戦慄していると、檜原は未《いま》だ『ふふっ、くくっ……』と笑いつつも、ゾウの周囲を囲っていた鉄柵を壊し始める。そうしながら彼女は、小さく呟いた。

『ごめんね、〈象牙〉……私のボケに付き合ってくれて、ありがとう……』

「わ、私のボケ？　って……？」

『実はこれ、さっき夜宮《よみや》くんとゲームを始める前に、慌てて作ったやつなの……今日、家に帰ってくる時に、このボケを思いついてね？　「このボケは絶対、夜宮くんに見せたい！」って思ったから、急いで作った』

「………………」

ちょっぴり変わった女の子だった。帰宅途中にボケを考えるのもおかしければ、思いついたボケを「絶対に夜宮くんに見せたい！」ってなるの、不思議すぎるだろ。

「檜原さんはちょっと、ボケるのが好きすぎでは……？」

『ふふっ……正確には、夜宮くんにツッコまれるのが好き、なんだけど……』

「…………」

油断してると心が持ってかれかねないことをさらっと言う女の子だった。

俺はそんなことを思いつつ、それからも檜原と彼女の島を巡った。……ゲームの中で男の子のアバターと女の子のアバターがてくてく歩いているだけなのに、それはちょっとしたデートみたいで。だから花房《はなふさ》に対する申し訳なさとか、檜原に対する照れくささとかを感じていたら、ふいに――檜原のアバターの女の子が、フキダシでこう言った。

【なんだか、デートみたいだね】

「…………」

同じようなことを考えていた事実に、少しだけドキリとする。

……浮かれている自分を自覚して、自身の感情がわからなくなった。結局のところ俺はいま、檜原由女《ゆめ》をどう思ってるんだ？　俺を好きだと言ってくれた彼女を、どういう気持ちで見てるんだよ？　……どういう気持ちで見たら、正しいんだろうか。

一つだけ、間違えようのない事実があるとするなら――俺はまんさきのU－Ka《ゆうか》を心から推してる、拗《こじ》らせオタクだ。

だからこそ俺は、花房憂花《ゆうか》に対して、恋愛感情は抱いていない。……そのはずだ。そのはずだし、ファンとしてそうあるべきだと思う。であれば当然、俺を好きだと言ってくれた檜原さんになびいて、彼女と付き合うのはおかしいことじゃない。だから――。

『檜原さんと付き合わないで』

推しを泣かせて、檜原と彼氏彼女の関係になっても、それは最低じゃない筈だ。

……だって、まんさきのU－Kaを推すことと、檜原と付き合うことは矛盾してない。

むしろ矛盾しているのは、まんさきのU－Kaを推しながら、花房と付き合う方で。

だから俺は、あの性悪で魅力的な推しじゃなくて、檜原を選ぶべきなのに――。

【なんだか、デートみたいだね】とアバターの彼女が言ったから、俺は……檜原と適切な距離でいるために、男としてあまり良くない台詞《せりふ》を、アバターに言わせるのだった。

【え？　なんだって？】

『……ハーレムラブコメ主人公ムーブやめて。テキストチャットで言ったから、聞こえてない筈ない……』

「……面目ない」

陰キャオタクはこういう時に、返答のボキャブラリーが皆無に等しいのが、非常に申し訳なかった……上手《うま》く嫌われることもできんのか俺は。

俺がそう思っていたら、檜原は一つため息を吐《つ》いたのち、ボイチャで続けた。

『……でも、夜宮くんらしい。……私を勘違いさせないために、そう言ってくれたん、だよね？』

「…………」

『わ、私、頑張る……いつか夜宮くんが、檜原でもいいかな、って思ってくれるようになるまで……自分を甘やかさないで、頑張るから……——お、おやすみなさいっ！』

「なっ——おい、檜原⁉」

感情を口にし過ぎたと思ったのか、檜原は突然、それだけ言い残してボイスチャットを切ってしまった。それから、何の断りもなしに、俺を島からキックする。俺のゲーム画面に『ともだちの島から追い出されました』と表示されているのがなんか悲しかった。

ちなみに、これはちょっとしたオチだけど……このあと。俺が続けてアニ森をプレイしていたら、檜原からゲーム内の仕様の一つである『手紙』が届いた。なので、早速それを読んでみると、平仮名しか使えないそこには、こんなことが書かれていた——。

《すきって　かってなことばだよなぁ
すきになってほしいから　そういうんだから
あいしてるって　そういえたらなあ　——み〇を》

「何で相田み〇を先生風のポエム送ってきてんだこいつ……」

俺がそうツッコんでいたら、二枚目の手紙が檜原から届いた。どうやら先の一枚はボケだったらしい。二枚目の手紙も続けて読んでみると、そこにはこう書かれていた。
《かってにつうしんきって　ごめんなさい
なんかきゅうにはずかしくなりました　ごめんなさい
きょうはいっしょにゲームしてくれてありがとう
こんどはぶしつでも　おはなししたいです
なので　わたしがよみやくんをすきとかは　あんまいしきしないでね？
すきなのは　ほんとだけどね　――ひのはらゆめ》
「…………」
結局のところ、今日檜原《ひのはら》が俺に言いたかったのは、これだけだったのかもしれない。今後も部室で話がしたいから、あんまり好きとかは意識しなくていい――これだけ。檜原から渡された感情に戸惑っている俺に対して、彼女はこれを言うためだけに、俺と一緒にゲームをしてくれたのではないかと、俺はそんなことを思うのだった――。
まあ、女心なんて男に理解できる訳がないから、それが正解だという自信は全然ないんですけどね！　……花房と仲違《なかたが》いしそうになったあの一件で学んだけど、フェルマーの最終定理と同じくらいムズいからな、女心って。たぶん俺には一生わかんねえよ。

第十話　推しと電話をした。

檜原とアニ森をプレイした、翌日。午後四時過ぎ。

「はー、面白えー……やべえー……」

俺は自室のベッドに寝転んで『涼宮ハルヒの消失』を読みながら、そう呟《つぶや》いていた。キャラクターが最高に魅力的なうえ、ＳＦ小説としても面白いの、最強すぎない？

そうして、大好きなライトノベルの世界に埋没していたら、そんな俺を現実に引き戻すかのように、スマホの着信音が鳴った。

「うお⁉　で、電話……？」

滅多にない着信に驚きつつ、俺は慌ててスマホを手に取る。

すると画面には、『すこすこ大すこ憂花ちゃん』という名前が表示されていた。俺もいい加減、このクソみたいな名前を変えろよ。

「……無視、するか……」

電話の相手が俺の推しだとわかった俺はそう呟いたのち、コール音を垂れ流し続けるスマホを、ベッドの端に放り出す。……いつまで拗らせてんだと自分でも思うけど、ファンは推しと電話とかしないのでね……すまんな……。

　それから、再度ライトノベルを手に取った俺は、推しの電話を無視して小説のページを繰る。……これが拗らせオタクとして正しい姿だと、そう自信を持って言える選択を取れたことが、ちょっとだけ誇らしかった。

　やかましいコール音を無視しつつ、ラノベを読む。読み続ける。

　そのうち、スマホのコール音は止《や》み、だから俺は更に深くライトノベルの世界に没入していく――筈《はず》だったのに。

「………くそ……」

　ベッドの端に放置されたスマホの通知ランプがチカチカ点滅しているのがどうにも気になってしまった俺は、ラノベに栞《しおり》を挟むと……しぶしぶスマホを手に取った。

　いちファンが、手の届かない憧れであるべき推しと電話をするなんて、あり得ない。

　でも、推しがせっかく電話をくれたというのに、それを無視するのは、ファンとしてもっとあり得ないのでは？　という言い訳を自分にした俺は、彼女に電話を掛け直す――。

　本当は、花房の電話を無視して、ラノベを読み続けるべきだとわかっていた。

　でも俺は、気づいてしまったのだ……花房は一体どんな用件で、俺に電話を掛けてくれたんだろう。もしこれを無視したら、彼女はどんな気持ちになるだろうか――そんな余計な感情が邪魔をして、俺はいま、ラノベを心から楽しめてはいないことに。

「人としてはこっちの方が正しいのかもだけど、オタクとしてはどうなんだろうな……」

オタクっていうのは、ただ本や漫画やアニメを愛していればいい訳じゃない。——それらを愛して、それを生きる糧《かて》にして、日々を生きている人のことを言うんだと思う。衣食住の中に『作品を食べる』行為がなきゃ生きられない、そんな人間……それを俺はオタクだと思っていて、俺は花房と出会うより前は、確実にそんなオタクだった。

なのに俺はいま、ラノベを読む行為より、推しとの電話を優先させた。

それは決して間違った行動じゃないけど、俺自身の『オタクとしての正しさ』は薄まってる気がするよな……そんな風に若干凹《へこ》みつつ、俺はスマホを耳に当てる。ライン電話の呼び出し音が途切れると同時、スマホ越しに彼女の声が聞こえてきた。

それはどこか、ため息と共に漏れ出たような、彼女らしからぬ小さな声だった。

『…………ピンチの時には、ちゃんと助けてくれるんだ……』

「え？　花房さん……の電話ですか？」

『……そうだけど、なに？　何か用？』

俺の質問に対して、花房は改めてそう答える。

なんかいま一瞬、電話に出た時の花房の声が、いまにも泣き出しそうな弱々しいものだったから、ちょっとビックリしちゃったけど……会話が始まったらいつもの調子に戻ったので、俺は少し安堵《あんど》しながら言葉を続けた。

「何か用？　ってなんだよ。お前から電話してきたんだろ……花房さんこそ、何か俺に用があったんじゃないのか？」

『なに？　用がないと電話しちゃいけないわけ？』

「いや、そんなことはないけど……ん？　じゃあ別に、用件とかはない感じか？」

『ううん、あるよ。あるに決まってるじゃん。……正確には「あった」で、あんたの声が聞けたらもう、用は済んじゃったけどね』

「……なに？　お前いま、俺になぞなぞ出してる？」

『でもまあ、一応用は済んだけど……まだ全然、憂花ちゃんが満足できるレベルで用は済み切ってないから、このまま電話しよ？』

「お前はたまに、哲学者くらいムズい言葉を俺に投げてくるよな」

俺が電話越しにそうツッコむと、『ふふっ』という笑い声が聞こえてくる。それから、彼女はどこか仕切り直すみたいに、殊更明るい声音で続けた。

『憂花ちゃんと電話できて、嬉《うれ》しいでしょ？』

「い、いや、別にー？　俺いま、ラノベ読んでて超忙しかったし？」

『よかった。光助《こうすけ》もちょうど暇してたんじゃん』

「……いやだから！　オタクがするラノベ読んだりアニメ観《み》たりって行為は、世間一般における『暇潰し』と同じじゃねえから！　俺達オタクにとってはそれこそが有意義な時間であって、それに勝るものなどこの世に存在しねえんだよ！」

『それじゃあ、憂花《ゆうか》ちゃんと電話するのと、ラノベを読むの、どっちの方が好き？』

「……何なんその、仕事と私どっちが大切？　みたいな質問……そ、そんなのもちろん、ラノベ――って言ったら俺の推しに失礼だから、選べる訳ないだろ……」

『ふふっ……じゃああんたにとって、こうして憂花ちゃんと電話するのは、大好きなラノベを読むのと同じくらい楽しいことってわけね？　はーい、わかりましたー』

「花房《はなふさ》さんってもしかして、オタクからかい検定一級の所持者だったりする？」

俺のそんな ツッコミを受け、再度楽しげに笑う花房。その笑い声につい温かい気持ちになってしまいつつも、俺は改めて彼女に尋ねた。

「つか花房さんこそ、こうして電話なんかしてて大丈夫なのかよ？　さっきツイッターを覗《のぞ》いたら、まんさきのコンポーザーである谷町《たにまち》さんが、『今日もレコーディング！　修羅場ってます！』ってツイートしてるのを見たぞ」

『……大丈夫。憂花ちゃんの仕事である「ボーカルレコーディング」はひと段落して、いま修羅場ってるのは谷町さん達だから。だから憂花ちゃんはとりあえず、次の曲の歌入れが降りてくるまで、のんびりタイムを満喫してんのよ』

「マジか。その口ぶりだと、お前自身のレコーディングは快調そうだな……さすが、まんさきのＵ《ゆ》－Ｋ《う》ａ《か》だぜ！」

『……そう。マジで憂花ちゃん、ボーカルレコーディングなんか楽勝だったから。谷町さんに問題点を指摘されることも、全然なかったし……だから、別に……レコーディングで上手《うま》くいかなくて落ち込んで、あんたに電話するとかも、なかったしね……』

「……？　花房さん？」

『は？　憂花ちゃん、別に元気だけど？　全然落ち込んでないのに、声に元気がないって理由だけで心配しないでくんない？　あ？』

「いや、何で急にキレ始めたんだよお前……俺いま別に『元気なくない？』とか言ってねえから。何かを誤魔化すように突然キレんなって」

『………ごめん。憂花ちゃん、今日は生理で……』

「お、おう……」

女の子から聞くには生々し過ぎるワードだった。な、なるほど、生理ね……。

そんな風に俺がたじろいでいると、彼女はわかりやすくダルそうな声で続けた。

『ごめんね、光助……いつもは憂花ちゃん、こんなに理不尽じゃないのに……』

「いやあの、花房さん？　自覚症状はないかもだけど、あなたって普段から結構理不尽ですからね？　もしかして生理のせいで記憶も曖昧になってる？」

『なんかどうしようもなくイライラして、そこら辺のゴミ箱とかを蹴りつけたくなってるのも、生理のせいだよね？』

「いえ、平常運行です」

『……つかいま、ふと思ったんだけど──生理でもないのに、イライラした時にゴミ箱を蹴りたくなっちゃうって、普通にやばい女じゃない？　そんなことない？』

「おお、ようやく自覚したか！　──そうそう、お前はやばい女なんだよ花房さん！　いやあ、自覚してくれてよかった！」

『なんでそんな嬉々《きき》としたリアクションなのよ！　憂花ちゃんのファンなら、花房さんはやばい女じゃないよ、大丈夫だよ、って優しくフォローしろし！』

「甘やかしてもお前のためにならないだろ。──大丈夫だ花房さん。自覚することが新たな自分への第一歩だから。俺と一緒に、アンガーマネジメントを頑張っていこうぜ！」

『うっさい！　憂花ちゃんはアンガーマネジメントが必要なほど怒りっぽくないから！　ナメたこと言ってるとその鼻引きちぎって荒川に捨てるよ⁉』

「お前みたいな奴《やつ》にこそ必要なんだよなあ……」

アンガー（怒り）をマネジメント（管理）できていないのが丸わかりな俺の推しに、俺はそうツッコむ。言葉の上でだけとはいえ、ファンの鼻を引きちぎろうとすんなよ。

それから、声を荒らげていた花房はふいに、「はあ……」とため息を吐《つ》いた。……どうやら今日の花房は、生理のせいでいつもよりテンションの乱高下が激しいらしい。一通り怒り終わった彼女は、今度はダウナーに入りながら続けた。

『でもほんと、憂花ちゃんって、性格がちょっとアレだよね……』

「……どうした。そんな当たり前のことを、今更……」

『だからそんなことないって言えし……いやまあ、憂花ちゃんは性格がアレでも？　顔が可愛《かわい》くて、プロポーションが抜群で、運動神経も凄《すご》いから……そこら辺にいるつまんない女よりは、はるかに魅力的なんだけど……』

「元気のない時ですら、お前はお前らしいなあ……」

『……でもそんな、何でも持ってる憂花ちゃんの、一番の特技である歌が……性格が悪くても、歌が上手いからあんたに許されてた私が、上手に歌えなくなったら――やっぱ光助は、憂花ちゃんのファン、やめちゃうの……？』

「………」

薄々気づいていたけど、花房はどうやら今日、仕事で何かあったらしい。

彼女は先程、『私の仕事はひと段落した』的なことを言っていたけど、それは嘘《うそ》か――もしくは、一応終わりはしたけど、それが納得のいくものにはならなかったのかもしれない。こんな言葉を漏らす彼女はそんな、何かしらの『モヤモヤ』を抱えてしまったからこそ、いま俺に電話しているのかもしれなかった。

……そこまで考えた俺は、最低なことに――ちょっとだけ嬉しくなる。

だって、花房はこれまで、誰かに寄りかかることを良しとしない、一人で全てを抱え込んでしまう女の子だったから。

そんな彼女がいま、自分がしんどい時にこうして、俺に寄りかかってくれている。

それは、他人に甘え慣れていない彼女だからこそ、やっぱり不器用で――何なら、俺がここまで考えないと、いま彼女が欲《ほっ》しているのは『励まし』だとわからないあたり、ちゃんと寄りかかれてはいないのかもしれないけど……それでも。

――俺の大好きな推しが、誰かに頼ることを、覚えてくれた。

それは、強がりな彼女を心配していた俺にとって、本当に嬉しい事実だった。

……だから、勘違いされたら困るけれど、俺は別に、花房が俺を頼ってくれたことを喜んでいる訳ではないからな？　花房が誰かに頼れるようになったのが嬉しいのであって、それに選ばれて嬉しいとか、そういう気持ちは全くないよ？　ほんとだよ？

そこまで花房の感情を勝手に考察した俺は、だから……『私が上手に歌えなくなったら、光助は私のファン、やめちゃうの？』という質問に対して、彼女を推すファンとして。

斜に構えず、無理くり本音を絞り出すように、こう答えるのだった。

「まんさきのＵ‐Ｋａのいちファンでしかない頃の俺だったら、やめてたかもな」

『……………そっ、か……』

「でも、いまは違う。……もう、それでファンをやめられるほど、お前を知らない訳じゃないしさ。それに、俺はもうとっくの昔に、花房憂花のことも、まんさきのＵ‐Ｋａと同じように応援するって決めてんだ。だから、もしお前が歌を歌えなくなっても、俺はお前のファンをやめねえよ。──だ、だって俺は、まんさきのＵ‐Ｋａのファンであると共に、花房さんのファン第一号でもあるから」

『────』

「つ、つか、こうなってくるともう、ファンというより信者なんだよなあ！　最初、お前の歌声が好きでファンになった俺はいま、歌声が最高だから、以外の理由でもお前を推せるようになっちゃってんだから……こんなんもう、純粋なファンとは言えないだろ……」

『……あはは っ。あんたって、マジで憂花ちゃんのこと好きすぎじゃない？』

「ああ、まあな……俺が本当に好きなのは、まんさきのU－Kaだけどな！」

『それももう嘘になっちゃってるし』

「………」

花房にそう言われ、スマホを片手に何も言えなくなる俺。

……ああ、くそ。やっぱ話しすぎたかもしれない。当初の予定通り、嘘のない励ましの言葉は口にできたものの、だからってここまで言う必要はなかったんじゃねえかな……ああああ顔が熱い！　今年の夏はほんと、ずっと暑いなマジで！

俺がそんなことを思いながら全身を搔《か》きむしっていると、スマホから花房の声が聞こえてくる。それは、先程よりも格段に明るい、だからこそ鼻につく声音だった。

『ありがと、光助。……別に、あんたに励ましてもらいたくてこの電話をした訳じゃないし、だから何こいつ急に憂花ちゃんを励ましにきてんの？　憂花ちゃんを励ますことで憂花ちゃんに好かれようとしてんの？　だとしたら考えが浅はかすぎない？　って思ったけど、一応言っとくね？　――ありがとっ！』

「俺が頑張って素直になったのにお前が素直になんねえのすげえムカつく！」

ラノベや漫画を読む度に、「ツンデレはいいよなあ～」ってなる俺だけど、リアルでやられるとクッソ腹立つなこれ！　励ましてもらいたかった自分を誤魔化すために、俺を腐しやがってこの女！　ほんとめんどくせえな！

花房の楽しそうな笑い声を聞きながら、俺が内心でそうキレていると、ふいに――彼女は少しだけ真面目なトーンになって、続けた。

『どうでもいいけど、今日のカッコ悪い憂花ちゃんを、ちゃんと覚えといた方がいいよ』

「は？　な、なんで……？」

『だって憂花ちゃんはもう二度と、こんなにカッコ悪くなれないから。今日限りのレアな憂花ちゃんを覚えとかないと、憂花ちゃんのファンとしてもったいないでしょ』

「……ははっ、そっか」

『じゃ、憂花ちゃんちょっと用があるから。またね！』

「ああ、また……」

『……愛してるよ、ちゅっ♡』

花房はわざとらしく唇を鳴らしたのち、すぐさま電話を切る。……それは、励ましの言葉をくれた俺に対する、わかりやすいファンサービスだった。

そう、ファンサービス。

花房はいま、本当に愛してるから『愛してるよ』と言ってくれたのではない。それは、ステージに立ったアイドルが観客のファンに向かって言う「みんなー、愛してるよー！」

と同じ意味合いのものなのに——それを受けて、俺は。

「お、推しぃ……こいつ、まじ……推しいいいいいぃぃぃぃ！」

　様々な感情の奔流に飲み込まれ、言語野を破壊された限界オタクと化すのだった。すすすす好きでもない男に愛してるとか、とんだビッチじゃねえかお前！　どうしてお前はこうも、まんさきのＵ－Ｋａらしくないことしかしねえんだよ！

　……でも、ああ——。

「推しを、推して、よかった……」

　俺は最後にそれだけ言い残すと、ベッドの端にゆっくり腰かけたのち、真っ白な灰になるのだった。立て！　立つんだジョー！　ジョオオオオオォォォォォ————！

◆◆◆

「……な、何やってんの私……キモ……」

　憂花《ゆうか》ちゃんはそう呟《つぶや》きつつ、いつの間にか熱くなっていた自分の頬を、両手で覆う。

　あああ、まずったあ……！　最後のは絶対に余計だった。何かこう、あいつがくれた言葉に対して素直になれなかったぶん、ああいうあざといことをしちゃったけど……マジであれはなかった。あんなん、いつもの憂花ちゃんじゃなさ過ぎるでしょ。ほんと、何やってんのよ、私……。

最近、憂花ちゃんの心の奥底にいる『私』──肩こりじゃない感情に素直な私が、出しゃばりすぎてる気がする。ここのところ、あいつのことで浮かれたり嫉妬したりしすぎじゃない？　なんでこの感情ってこう、こんなにも融通が利《き》かないのよ、ムカつくなあ！

憂花ちゃんがそう苛立《いらだ》っていたら、マネージャーさんが扉をコンコン、とノックしたのち、憂花ちゃんの控室に入ってきた。そして、彼女は尋ねる。

「ど、どう？　いけそう？」

「はい。──さっきはダサいところを見せてごめんなさい。もう行けます」

「そ、そう。ならよかった。……なんか目だけじゃなくて、顔も赤くない？　大丈夫？」

「……顔が赤いのは不可抗力なんで、気にしないでください」

憂花ちゃんはそう言ってソファーから立ち上がる。そのまま、マネージャーさんに先導される形で、録音ブースへと移動した。そうしてブースの中に入ると、コントロールルームにいる谷町さんの声が聞こえてきた。

『一回泣ききったら、ちょっとは落ち着いた？』

その声に、憂花ちゃんはこくん、と首を縦に振る。すると谷町さんは、少しだけ愉快そうに笑ったのち、頷《うなず》きを返してくれた。

『もう平気そうだね。じゃ、期待してるから』

　それから、憂花ちゃんはブースに置いてあるヘッドホンを装着したのち、マイクの前に立つ。すると、ギターリフが印象的なイントロが、ヘッドホンから流れ始めた。

『満月《まんげつ》の夜《よる》に咲《さ》きたい』の新曲、『言えないくせに』のボーカルレコーディング——五時間前から始まったこれが、いま何テイク目なのかはわからない。たぶん三十回は歌った気がする。それでもまだ、作詞作曲を手掛ける谷町さんのオッケーは出ていなかった。

「すううっ……はあああっ……」

　小さく深呼吸をして、歌詞が書かれた譜面を睨《にら》みつける。

　このテイクでオッケーを貰《もら》おうなんて考えない。あいつに渡された言葉で手に入れたのは、元気じゃなくて覚悟だから。——色んな大人に迷惑をかけてでも、いつまでも歌い続けてやるという覚悟。ピッチ修正なんかさせてたまるか。憂花ちゃんがこれから最高の歌声を録《と》らせてやるから、あんたらはそこで大人しく待ってろ。

「——やってやる」

　あいつに寄りかかるなんていう、ダサいこともしたんだから。

　それでもくじけたら、それはもう憂花ちゃんじゃないでしょ。こんな安い逆境を乗り越えられない憂花ちゃんを、憂花ちゃんは絶対、認めてやらないから——。

さあ、レコーディングを再開しよう。

待ってて、ファンのみんな……容姿端麗、眉目《びもく》秀麗。運動ができて可愛《かわい》くて、プロポーションも抜群な憂花ちゃんが、世界をひっくり返すような歌を、届けてあげるから。

たった一人。掛け替えのないあいつのために、歌うついでにね。

第十一話　推しが女同士の口喧嘩《くちげんか》をした。

花房《はなふさ》と電話をした翌週の、水曜日。

俺が文芸部室で一人、文芸コンクール用の作品を書いていたら——。

「こんにちは！　ここで、憂花ちゃんが悪漢に襲われるフリをしたら、ゴルフクラブだけ持ってすぐさま駆け付けてくれたファンの男の子が部活してるって聞いたんですけど、いますか⁉」

「うお……は、花房さんか……」

「来ちゃった♡」

わざとらしく甘い声でそう言いながら、上機嫌な様子の花房が、部室に入ってくる。

現在、時刻は午後三時過ぎ。

今日は檜原《ひのはら》が部室に来ておらず、だから二人がここで鉢合わせしなかった事実につい安堵《あんど》していると、花房は俺の隣の席に座って言った。

「どう？　久しぶりの生憂花ちゃん。可愛いでしょ？」

「な、生憂花ちゃんってワードなんだよ。……だいたい、そんな久しぶりってほどでもないだろ。この間、さいたま新都心にいきなり呼び出されて、一緒にメシ食ったし」

「あんなんもう、一週間以上前の出来事じゃん。……憂花ちゃんは嬉《うれ》しいよ？　こうやって生光助《こうすけ》に会えて」

「や、やめ……頬をふにふにしないでください……！」

ニヤニヤと楽しげな顔をしながら、花房は俺の頬を指先で何度も摘《つ》まむ。ま、マジでこの女……デモ音源の契約を持ち出さなくなって以降、俺に積極的すぎるだろ！

俺がそうたじろいでいたら、がらら、と再び扉が開く音。

自然、俺と花房がそちらを見やると——長い前髪をまとめてアップにし、それをヘアピンで留めた檜原が、そこに立っていた。

「「「…………」」」

謎の沈黙が俺達の間に落ちる。

ちなみに、花房は俺の頬を摘まんだまま放す気配はなく、檜原はそんな風にじゃれあっている俺達の様子を、どこか不満げな顔で見つめていた。……同級生の女の子にこの状況を見られるの、クッソ恥ずいんですけど！

「は、花房さん？　あの……放してくんねえ？」

「…………」

「なあ、花房さんて。無視すんなよおい……」

「え？　夜宮《よみや》くん、いま何か言った？　あんまりよく聞こえなかったかな」

「もしかしてお前の鼓膜、家出でもしてんの？　俺の頰を摘まんでるこの手を離せって、さっきからそう言ってんだよ……」

「ああ、ごめんね！　つい、いつものクセで……」

「…………」

そんな花房の発言を受け、檜原が――あなた達、いつもこんなことしてるの？　みたいな目で俺を睨んできた。いえ、してないです。こいつ、いま、平気な顔で嘘《うそ》ついてます。

それから、花房は最後にもう一度だけ俺の頰をふにったのち、ようやくその手を離してくれた。すると、それまで部屋の入り口に突っ立っていた檜原が、中に入ってくる。

「こ、こんにちは。よ――こ、光助くん……と、花房、さん……」

「ああ、こんにちは……」

「……お邪魔してます、檜原さん」

檜原が部室に来たので、まんさきのU－Ka《ゆうか》に――クラスメイトに見せる用の自分になる花房。というか、檜原がさらっと俺のことを『光助くん』って呼んでんだけど……この違和感に関しては絶対、ツッコまない方がいいよな……？

次いで、檜原はちらりと、花房のいる席——俺の隣の席を見やりつつ、花房の正面に移動する。そうしながら彼女は、ぽつりと呟いた。

「……そこ、私の席なのに……」

「…………」

その発言を受け、花房がにっこり笑顔で俺を睨んでくる。その顔には——ねえ。もしかしてあんた、普段は檜原さんが隣に座るのを許してんの？　どうなんだよおい、と書いてあった。……やべえ、いますぐここから逃げ出してえ。

そうして、花房の対面の席に座る檜原。彼女は次いで、学生カバンから筆箱とルーズリーフを取り出すと、そこに何かを書き始めた。恐らく、文芸コンクール用の作品を書いているんだろう。それなら俺も原稿に集中するかと、パソコンに向き直ったけど——。

「「…………」」

檜原はどこか落ち着かない様子で、花房の方をちらちらと見やり。一方の花房も、檜原の様子が気になるようで、時たま彼女に視線を向けていた。

ちなみに、お互いをチラ見する二人はその合間に、片や恨めしそうな、片や不機嫌そうな視線を俺にぶつけてくる。……いますぐ部室に軽機関銃を持った男が乱入するなどして、この状況をぶっ壊して欲しかった。中学の時とか、授業中にそういう妄想したよな！

そんなことを俺が思っていると、ぴんこん、と俺のスマホが鳴る。なのでスマホを確認してみたら、『すこすこ大すこ憂花《ゆうか》ちゃん』からこんなラインが届いていた。

『ねえ、、、憂花ちゃんが素の自分を出せないから、檜原さん追っ払ってくんない？』

……女王様っていつの時代も無茶言うよな。パンがなかったらケーキもねえんだよ。

内心でそう呟《つぶや》きつつ、俺は花房を正面から見つめると、首をふるふる横に振った。それを受けて、わかりやすくぶすくれる花房。ぶすくれた顔すら可愛いとか、お前はほんと神に愛されてんな……まあ『ぶすくれる』に『ブスになる』的な意味合いはないけども。

それから、花房は一つ深いため息を吐《つ》いたのち、唐突に沈黙を破って、こう言った。

「ねえ、檜原さん。檜原さんは、その……夜宮くんと仲が良《い》いのかな？」

「…………」

急に話しかけられ、顔を上げて黙り込む檜原。彼女は目を何度か瞬《しばたた》かせたのち、少しだけ朱色に染まった顔を逸《そ》らしつつ、小さな声音で返事をした。

「な、仲が良いとまでは、まだ言えない……」

「ふうん。そうなんだ？」

「うん。……で、でも、仲良くなりたい、とは思ってる、よ……？」

「……へえ。そう……」

「は、花房さんは？　よみ——光助くんと仲が良い、の……？」

「うん！　私は夜宮くんのこと、仲の良いクラスメイトだと思ってるかな。そうだよね、夜宮くん？」

「…………」

「ほら、夜宮くんもそう思ってるって！」

「こ、光助くん、いま何も言ってなかったけど……ただ引きつった顔をしただけ……」

「でも、私もそうかな……いまだって夜宮くんとは仲が良いつもりだけど、私も檜原さんと同じで、もうちょっと仲良くなりたいと思ってるよ！」

「そ、そう……なんだ……」

「……あはははははは」

お互いに乾いた声で笑い合う、檜原と花房。……なんか今日、部室がすげえ寒いんだけど、ちょっとクーラー効きすぎでは？　設定温度十八度とかになってんじゃねえのこれ。

そんな風に、女子同士のうすら寒い会話に、俺が背筋を凍らせていたら……何故《なぜ》か檜原はない胸を張りながら、自慢するようにこんなことを言い始めた。

「わ、私はこの間、よみ——光助くんと、一緒にゲームした……」

「へー。いいね。楽しそう」

全然楽しそうじゃない声で、俺の方をちらっと睨《にら》みながら花房は言う。——どうした花房さん⁉　あんだけ仮面を被《かぶ》るのが上手《うま》いお前が、性悪な本性を隠しきれてねえぞ⁉

「あ、アニ森、やった……私の島に光助くんが来てくれて、楽しかった……す、すごく、盛り上がったよ？　ね、光助くん？」

「………………」

「ほ、ほら。光助くんも楽しかったって。た、楽しかったね！」

「檜原さん？　いま夜宮くん、ぎこちなく頷《うなず》いただけだったけど？」

「あ、あとは、その……一緒にジェンガ、したりとか……」

「私は夜宮くんと一緒に、ラーメンG太郎を食べに行ったりしたかな」

「え……？」

檜原は驚いたような表情で俺を見つめ、花房はしたり顔で檜原を見やる。……どうでもいいけど、二人ともほんのり嘘をついていた。俺は檜原とジェンガをしなかったし、ラーメンG太郎に関しては、そこから出てきた花房と鉢合わせしただけなんだが……。

しかし、花房は追撃の手を緩めない。彼女は素の自分をチラ見せしながら、少しばかり偽悪的な声音で続けた。

「あと、一緒にCDショップに行ったり」

「し、ＣＤショップ……」

「二人でバスケしたり」

「ば、バスケ……」

「部室でお菓子食べたり」

「お、お菓子……」

「さいたま新都心でデートもしたよね？　——それも二回。一回目は一緒に本屋さんに行って、二回目はサルゼでご飯食べたっけ。また行きたいね、夜宮くん！」

「…………ううっ……」

「ふっ……」

涙目になって俯《うつむ》く檜原を見下ろしながら、勝ち誇ったような顔をする花房。清々《すがすが》しいまでのドヤ顔だった。最低かお前。

俺が心の中でそうツッコんでいたら、檜原は潤んだ目元を擦《こす》りながら「くうっ……」と呻《うめ》いたのち、学生カバンをがさごそし始めた。すると、彼女はそこから、見覚えのある可愛《かわい》いクマのぬいぐるみを取り出す。——クマ太郎！　生きとったんかワレ！

彼女はクマ太郎をテーブルの上に置くと、スマホをぽちぽち弄《いじ》りだす。そしたら、ぬいぐるみのスピーカーから、こんな音が聞こえてきた。

『こんにちはガオ！　僕の名前はクマ太郎！　よろしくガオ！』

「え……檜原《ひのはら》さん？　この子はなんなの？」

「気にしないで……これは、簡単な返事しかできない、単純なＡＩを搭載したぬいぐるみだから……」

「そ、そうなの？　それはわかったけど……そうじゃなくて私は、檜原さんが何でこの子をいきなり取り出したのかを、聞きたかったんだけど……」

『初めまして、花房《はなふさ》憂花さん！　僕はクマ太郎、よろしくガオ！』

「……よ、よろしくね、クマ太郎くん」

若干たじろぎつつも、そう返事をする花房。……いやでも本当、なんで檜原はいま、クマ太郎を取り出したんだろうな？　俺がそう疑問に思っていると、クマ太郎が言った。

『ところで花房さん。まんさきのＵ－Ｋａは実はビッチで、常に五股くらいしてるって噂《うわさ》をネットで耳にしたことがあるんだけど、それは本当ガオ？』

「ねえ檜原さん。このぬいぐるみ、引きちぎってもいいかな？」

「や、やめて、花房さん……ＡＩが言ってることだから、許してあげて……」

『本当、ネットには根も葉もない噂を流す奴《やつ》がいるもんだガオ！　いくら花房さんが尻軽でスケベそうな顔をしてるからって、酷《ひど》いガオ！』

「…………」

クマ太郎のそんな発言を受け、花房の額に浮き出た血管がピクピクする。あ、あわわわわわ……わ、わかりやすく怒ってらっしゃる……！

というか、俺はいま何を見せられてるんだこれ……檜原に対してマウントを取る花房も花房なら、自分じゃ言えない辛辣な言葉をクマ太郎に喋《しゃべ》らせる檜原も檜原だぞ！　あんまり女の子同士で喧嘩《けんか》すんなよ……もっと萌《も》え四コマ漫画みたいな会話しろって……。

俺が内心でそう呆《あき》れていると、花房は無理やりな感じで微笑しながら、話を続けた。

「……ねえ檜原さん。この子って、本当にただのＡＩかな？　こいつさっきから、憂花ちゃ──私とすごいちゃんと喋れてる気がするんだけど」

『気のせいだガオ。──どうでもいいけど花房さん。光助《こうすけ》くんはもうほぼ由女《ゆめ》ちゃんの彼氏みたいなものだから、ちょっかいかけんなガオ』

「…………絶対こいつ、檜原さんが喋らせてるでしょ」

『違うガオ。僕は僕の意思で喋ってるガオ。そのうち全人類を根絶やしにして、ロボット帝国を作る予定ガオ』

「ＡＩがそこまで考えてるとしたら、それはそれで問題なんだけど……」

『ところで、花房さんはどうして、文芸部の部室にいるんだガオ？　お前は部外者だガオ。

それなのに、私と夜宮《よみや》くんの空間を邪魔しないで』

「……私からしたら、檜原さんの方が、邪魔者なんだけどね……」

「………」

彼女の煽《あお》るような呟きを受け、スマホから顔を上げて、花房を睨みつける檜原。その好戦的な檜原の視線を、花房も正面から受け止める。——想像上の火花がバチバチと、彼女と彼女の間で弾《はじ》けていた。頼むからもう勘弁してくれ。

しかし、そんな俺の願いも虚《むな》しく、檜原は改めてスマホに向き直る。彼女が何がしかを素早くフリック入力したのち、花房を睨みつけたら——クマ太郎が喋った。

『これ以上、光助くんをたぶらかさないで欲しいガオ』

「たぶらかすって……そんなことしてないよ」

『そっちにその気はなくても、彼は勘違いしてるガオ。——でもそれは、夜宮くんが悪い訳じゃないんだよ。だってお前は、普通の男の子からしたら、少し眩《まぶ》しすぎるガオ。見た目が可愛くて、体つきもえっちで、非の打ち所がない、まんさきのＵ－Ｋａ《ゆうか》は……ちょっとからかわれた程度のことでも、憧れてしまうには十分すぎるんだガオ。だから、あんまり夜宮くんを勘違いさせないで。はっきり言って迷惑だよ』

「なんで私の方に気持ちがないなんて、そう決めつけてるの?」

『……あるんだったら、それは、ごめんだガオ……でも、どうして……どうして夜宮くんなの……？』

「…………」

『私は、夜宮くんじゃないと、嫌なのに』

「そ、そんなのっ――‼」

花房は急に立ち上がり、檜原を睨みつける。……けれど、その先の言葉は出てこない。

彼女はちら、と俺を横目で見やったのち、ほのかに頬を赤らめると、静かに着席した。

「――」

それを見て、檜原は息を呑《の》む。

目を見開き、呆然《ぼうぜん》とした表情で花房を見つめる彼女は、その瞬間――俺もまだ知らない花房憂花の感情を、俺よりも正確に理解したのかもしれなかった。

そうして、檜原は顔を俯けると、一瞬だけ俺を見やる。次いで、彼女は浅く深呼吸をしたのち、小さな声で呟いた。

「ごめんなさい、花房さん……」

「……何で檜原さんが謝るのかな？　全部、クマ太郎が言ったことでしょ？」

「そうだけど……こんなに攻撃的になるつもりは、なかった……」

「…………」

「でも、言い過ぎたことは謝るけど……嘘《うそ》じゃない、ので……」

「そう……」

「あと、言わなきゃいけないことも、できたから……──あの、花房さん……！」

檜原はそんな言葉と共に椅子から立ち上がり、俺を見やる。そうして、俺ににこっと笑いかけてくれた彼女は、そのあとで……改めて花房を見つめた。

普段は前髪で隠れている淡い茶色の瞳が、花房を射貫《いぬ》く。……そこには、確かな決意があった。俺には推し量れないほど、様々な感情の上に立った、確固たる決意。そんな、強い女の子じゃないとできない目を花房に向けながら、檜原は告げる──。

顔を真っ赤にして。制服のスカートの裾をぎゅっと握って。恥ずかしそうにして。

それでも、大事なことだけは少しも誤魔化さないまま、檜原は叫ぶのだった。

「わ、私は、夜宮くんのことが……すすす、好き、なので！　そ、そこんところ、よろしくです！」

「「──────」」

檜原のその言葉に、俺達は何も言えなくなる。

それから、彼女は少しだけ照れ笑いをしたのち、再度俺を見た。……綺麗《きれい》な両の目に見つめられ、俺がドキリとしていたら——檜原は俺に向かって小さく手を振りながら、別れの挨拶を口にする。

「ば、ばいばい！」

「お、おう……」

それだけしか返せない俺を見て、赤くなった顔のままくすっと笑った檜原は、クマ太郎と学生カバンを抱えて、足早に部室を飛び出すのだった——。

そうして部屋に残されたのは、キツネにつままれたような表情で虚空《こくう》を見つめ続ける花房と、檜原の再告白に顔を真っ赤にした俺の、二人のみ。それから、しばしの時間が経過したのち……その沈黙に耐え切れなくなった俺はだから、彼女に話しかけた。

「お、おい、花房さん？　もしかしてお前、石化してんのか……？」

「——あ、光助……あんた、まだ部室にいたの？」

「まだいたのって何だよ。ずっといたわ」

「だってあんた、私と檜原さんが言い合いを始めたあたりから、わかりやすく存在感消してたじゃん……なんでああいう時、憂花《ゆうか》ちゃんに味方してくんないわけ？　あんたが憂花ちゃんの味方をしてくれたら、あの子を諦めさせられたのに……」

「…………なんつうか、下手に口を出さない方がいいと思ってな……」

俺がそんな言い訳がましいことを言うと、花房は頭を抱えながら「はあああ……」と深いため息を吐《つ》いた。そうして、机に突っ伏したまま、彼女は続ける。

「つか、何なのあの女……すっげえ宣戦布告してきたじゃん……相手はこの憂花ちゃんだよ？　なのに、なんで一歩も退《ひ》かないわけ？　なんでこの、そこらの女じゃ絶対に太刀打ちできない憂花ちゃんに、あいつは勝てると思ってんの？　マジでムカつく……！」

「…………」

「普通退くでしょ！　好きな男の前に、憂花ちゃんっていう大きな壁が立ちはだかってたら！　なのになに⁉　──『私は夜宮くんのことが好きなので、そこんところよろしくです』って！　なんでこんなに可愛い憂花ちゃんに喧嘩売れるわけ⁉　どんだけ自信過剰なのよあの子！　あんたは確かに可愛い顔してるけど、それでも憂花ちゃんとじゃ勝負になんないって、どうしてわかんないかなあ！　身の程を弁《わきま》えろよ！」

「…………」

「ふざけんなし、ほんと……ど、どうして向かってくんの？　あの女、マジで怖いんだけど……なんで憂花ちゃんの地位や容姿にビビんないのよ……もっとビビってよ！　それで、諦めて欲しかったのに……恋する女強すぎでしょ……もう檜原さんやだぁ……！」

俺がそばにいるのにも構わず、花房はそんな独り言を漏らす。――最終的には檜原を怖がっているところに、彼女には意外と打たれ弱い一面もあるのを思い出した。そうなんだよな。こう見えて花房って、仕事のこととかで割とすぐ凹《へこ》むんだよな……。

まあ、そうやって凹んだあと、凹みっぱなしで終わらないのも、彼女なんだけど。

むしろ、そうやって様々なことに凹み、でもそれを糧《かて》にして成長してきたから、花房はいまの彼女になれたんだろうけどな――。

そんなよしなしごとを考えていたら、ばっ、と。それまで机に突っ伏していた彼女が、ふいに起き上がる。それから、花房は真剣な表情と共に、俺を睨《にら》みつけると――先程までグチグチと泣き言を言っていたとは思えない鋭い眼光で俺を捉えながら、こう言った。

「毎年、夏の終わり頃に、大和田公園で『さいたま市花火大会』があんのは知ってる？」

「あ、ああ……さいたま市に住んでるなら、あれを知らない奴はいないだろ」

「その日、予定空けといて。――二人で行くから」

「え……」

俺がそうリアクションした、次の瞬間――がしっ！　と。突然俺の両頬を、花房の両手が挟み込んできた。うえええええ!?　な、何で俺いま、推しに顔面を摑《つか》まれてんの!?

俺がそう困惑していると、花房《はなふさ》は真剣な目で俺を見つめたまま、こう続ける。

「『ファンとして、推しとそんなことできる訳ないだろ！』とか、そういうのはもう聞き飽きたから。――あんたに拒否権なんかないからね？　あんたはこの夏、憂花ちゃんと花火大会に行くの。これは決定事項。すっぽかしたら、憂花ちゃん絶対に許さないから」

「こ、こへはほう、ほうはくなのへは（こ、これはもう、脅迫なのでは）……？」

「あんたが憂花ちゃんと一緒に花火大会に行ってくんなかったら、あんたを殺して私は生きるから」

「おはえはいひるんはい（お前は生きるんかい）」

一瞬ヤンデレっぽい発言かと思ったけど、やっぱ根っこの部分で強い女だった。俺を殺した直後は罪悪感に苛《さいな》まれるかもだけど、翌日から普通に生活してそうだなこいつ。

そうして、花房は俺の両頬から手を離すと、顔を逸《そ》らしながら告げる。――濃い朱色に染まった、彼女の横顔。それを見た俺はつい、鼓動が速まるのを感じるのだった。

「憂花ちゃんも、その日は死ぬ気で予定空けるから……デート、してくれるでしょ？」

「……お、推しとデートとか、そんなのは――」

「………」

「猛禽類《もうきん》みたいな目で俺を見んなよ……わ、わかった。まんさきのＵ－Ｋａとデートするのはあり得ねえけど、クラスメイトの花房さんとなら、っていう……そういう理由で納得させとくから……」

「ん。ありがと……」

推しと花火大会とか、ファンとしてはマジでＮＧなんだけどなあ……俺の中の拗《こじ》らせオタクな部分が――「推しとリアルでデートとか、それなんてエロゲ！　貴様、推しとファンはライブと握手会以外で繋《つな》がってはならぬという不文律を犯したでござるな！　万死に値する！　コポォｗｗｗ」って言ってんのが、マジで申し訳なかった。

俺がそんなことを考えていると、花房が突然、憂いを帯びた表情を浮かべる。

その彼女らしからぬ表情に俺が見蕩《みと》れていたら、花房は陽《ひ》が暮れる窓の外を見つめながら、小さな声で、ぽつり、と呟《つぶや》いた。

「あんなに簡単に、好きって言えるんだ……」

……な。好きな相手に好きって言えるあいつ、すげえよな。

こうして、花房ＶＳ檜原《ひのはら》という、女同士のギスギス口喧嘩《くちげんか》第一試合は、檜原の勝利で幕を下ろしたのだった――いや、いつの間にゴング鳴ってたんだよこれ。

第十二話　推しをちょっと怒ってしまいました。

花房と檜原が軽く火花を散らした、翌々日。

俺が文芸部の部室に行くと、そこには——。

「…………♪」

両耳に白色の完全ワイヤレスイヤホン（エア○ッズ）をつけ、音に乗って少しだけ首を縦に振っている、ノリノリな様子の檜原がいた。

……こんなテンションの高い檜原、初めて見るな、なんて思っていたら——俺が部室に入ってきたことに気づいた檜原は、ぽっ、と頬を赤らめたのち、慌てて左耳のイヤホンを取り外す。そうしながら、彼女は言った。

「こ、こんにちは……」

「おう、こんにちは」

俺はそう返事をしつつ、彼女の隣——パソコンの前の席に腰かける。ちなみに、今日の檜原も前回同様、長い前髪をアップにし、それをヘアピンで留める髪型をしていた。

それから、少し興味があったので、俺は何の気なしに彼女に尋ねた。

「何の曲を聴いてたんだ？」

「き、聴く？」

「……い、いや。別に、聴きたかったわけでは……」

「ど、どうぞ」

檜原はそんな言葉と共に、取り外した左耳のイヤホンを俺に差し出してくる。……さっきまで檜原の耳についていたイヤホンを、俺なんかの耳につけていいのか？

俺がそう悩みつつ、檜原の手の上に置かれたイヤホンを見つめていたら……いつまでもイヤホンを受け取らない俺に、彼女は微妙な顔になって言った。

「……私のイヤホン、つけたくない？」

「い、いや、そういう訳じゃなくてな⁉　そうじゃなくてむしろ、俺がこれをつけたら、キモいんじゃねえかと思って……」

「な、なんで！　わ、私、夜宮《よみや》くんに私のイヤホン、使ってもらいたいよ？　それで、夜宮くんと、間接耳キッスしたい……」

間接耳キッスとはいったい。

檜原の乙女力が爆発したワードセンスに戸惑っていると、彼女はイヤホンを載せた手を少しだけ引っ込めながら、言葉を続けた。

「も、もし夜宮くんが、私のつけたイヤホンなんかつけたくないと、そう言うのなら……私は傷つきつつ、これを仕舞おうと思います……」

「わ、悪い檜原さん！　そういうんじゃねえから！　陰キャオタクが陰キャオタクらしい理由で逡巡《しゅんじゅん》してただけだから！　……だから、それ……つ、つけてもいいか？」

「う、うん……ご賞味ください」

「言葉の選び方あってるそれ？」

俺はそうツッコみつつ、檜原の手のひらの上にある、それ――左耳用のイヤホンを手に取り、耳につけた。すると当然、檜原が聴いていた音楽が俺の鼓膜に流れてくる。

それは俺もよく聴く有名ボカロソングで、その題名は『キュートなカノジョ』だった。

「…………」

いや、俺もこの曲めっちゃ好きだけど、でも……俺を好きだって言ってくれてる彼女がノリノリで聴いてた曲が、このヤンデレ曲だった事実が、ちょっとだけ怖いよな！

「……し、失礼します……」

そうして俺が黙り込んでいると、檜原はふいに、テーブルに置いていたスマホを手に取りつつ、俺の顔に頬を寄せてきた――いやあの、ち、近い……顔が近いんですけど⁉　このまま近づき続けたら、檜原のすべすべした柔《やわ》そうな頬が、俺の肌荒れした頬にくっついちゃいますよ!?　こ、こいつ、なに考えてんだよ……！

　そう思いながら、至近距離で彼女の目を見返していたら、檜原は頬をほんのり桜色に染めたのち、恥ずかしそうに照れ笑いをしつつ、こう言うのだった。

「や、やっぱり、イヤホンを二人で分け合うと、近くなっちゃうね……？」

「そ、そうだな……これが普通のイヤホンだったら、そうかもだけど——いやこれ完全ワイヤレスイヤホンだから！　右耳のイヤホンと左耳のイヤホンが完全に自立してるやつだから、それを二人でシェアしたとしても、こんなに顔が近づくことはねえんだよ！」

「ぶ、ブルートゥースも、そんなに距離を開けたら、聴こえなくなっちゃうから……も、もっと、顔を近づけないと……」

「お前ブルートゥース先輩なめんなよ。あれ、十メートルくらい離れてても聞こえるらしいからな？　だから、こんな——檜原さんの右耳と、俺の左耳、そして檜原さんのスマホを十五センチくらいの距離感で保つ必要はねえんだよ！　離れてください！」

「ご、ごめん、夜宮くん……私の使ってるブルートゥースは脆弱《ぜいじゃく》なタイプで、十五センチしか届かないの……私も、十メートル届くタイプを注文すればよかった……」

「ブルートゥースにそんなご家庭による差異はねえよ。何だよ十メートル届くタイプを注文って。ブルートゥースは延長コードじゃねえんだぞ」

俺がそうツッコむと、檜原さんは「ふふっ……」と楽しそうに笑う。……あんまいい顔で笑わないでくんない？　俺もつられて、キモい顔でニヤついちゃうだろ……。

そうこうしているうちに曲が終わったので、俺は慌てて檜原から距離を取りつつ、イヤホンを外して彼女に返却した。

一瞬、檜原に返す前にイヤーピースの部分を制服の袖でゴシゴシしようかとも思ったけど、その行為自体がキモいことに気づいたので、やめておきました。……か、確実に成長している……！　やっぱモテる男は違《ちげ》えぜ！　——本当にモテる男はそもそも、そんなキモいこと考えもしねえんだよなあ……。

俺がそんなツッコミを自分にしていると、完全ワイヤレスイヤホンを学生カバンに仕舞った檜原はそれから、改めて俺に向き直ったのち、真剣そうな声音で言った。

「あ、あの、夜宮くん！」

「お、おう……なんだよ？」

「きょ、今日は私、クマ太郎とか、一緒にゲームとか、恋愛ハウトゥ本とか……そういうのに一切頼ることなく、夜宮くんとお話をしたいと思っています！　——なので、よ、よろしくお願いします！　押忍《おす》！」

「……ちょっと檜原さんの気合の入りようが怖いけど、わかりました！　押忍！」

俺がそう返事をすると、檜原は喋《しゃべ》るインコのように「押忍！」と繰り返す。なので俺も再度、「押忍！」と彼女に返した。「押忍！」「押忍！」「押忍！」「押忍！」……そのラリーを十回は繰り返したあたりで、「押忍」を返すのをやめた俺は、彼女に言うのだった。

「もしかしなくても檜原さん、もう話すことなくなってねえ？」

「…………」

「おい、図星かお前。図星なのか檜原さん」

わざとらしく俺から顔を背け、スマホを弄《いじ》り始める檜原。すると彼女は、「ええと……昨日、考えておいた話題は――」と呟いたのち、スマホから顔を上げると、こう言った。

「……よ、夜宮くんは、えっちな漫画が好きなんだよね……？」

「迷った末になんてトークテーマをチョイスしてくれてんだてめえ！」

「わ、私は、えっちな漫画のことは、よくわからないけど……夜宮くんが自分の好きなえっち漫画ベストテンを紹介してるブログ記事は、結構好きだよ？　ちゃんと『どうして好きなのか』を、夜宮くん個人の性癖も踏まえて書いてくれてるから、好き……」

「やめろ檜原さん……褒めてくれるのは嬉《うれ》しいけど、それ以上に『あれを檜原さんに読まれてんのかよ』って恥ずかしさの方が勝るから……お前が豪傑丸さんだってのは重々わかったから、もうやめてぇ……！」

「ブログを読んでて思ったけど……夜宮くんって、アニメやラノベを紹介する時より、えっちな漫画をオススメしてる時の方が、文章に熱意が籠ってるよね」

「殺してくれえぇぇぇぇぇぇぇ！」

匿名のブログなら何書いてもいいと思ってたのに！　俺の性癖を垂れ流してもいいと思ってたのに！　何で俺はいま檜原さんから、こんな辱《はずかし》めを受けてるんだよ⁉

ただ、檜原としては別段、俺を辱めてやろうという嗜虐《しぎゃく》心はなかったらしく……彼女は恥ずかしがる俺を見て小さく笑いつつ、話を続けた。

「ふふっ……そんなに、照れなくていいのに。だって、えっちな漫画が好きなのは、男の子なら普通のこと、だよね？」

「あ、ああ、まあな……えっちな漫画が嫌いな男の子なんか、この世にいないからな。みんな、ＡＶよりえっちな漫画の方が断然好きだからな。えっち漫画最高」

「女の子でも読める？」

「エッッッッッ」

「私、夜宮くんがブログで紹介してくれてるラノベや漫画は、だいたい読んできてて……でも、えっちな漫画だけはやっぱり、えっちだから手が出せてなかったんだけど……よ、夜宮くんが好きな、えっち漫画なら……私も、読んでみたい、かも……」

「…………」

「あっ——は、はしたない⁉　よ、夜宮くんは、えっちな漫画を読むえっちな女の子なんか、嫌いだよね⁉　ご、ごめん……わ、私はただ、思いつきで言っただけで——」

「嫌いじゃない」

「え？」

「檜原《ひのはら》さん、覚えておいてくれ。——男は、えっちな女の子が、嫌いじゃない」

「そ、そっか……よ、よかった……？」

めちゃくちゃ渋い声でくだらねえことを言う俺に、檜原は若干困惑気味の表情を浮かべながらそう言った。というか、何で俺はいま檜原と、えっち漫画の話をしてんだよ……俺がそう思う一方で、何故《なぜ》かこの会話を膨らませ続ける彼女は、遂《つい》にはこう口にした。

「あ、あの、厚かましいかもしれないんだけど……か、貸してもらったり、できる？」

「は？　……な、何を？」

「そ、それは、その……え、えっちな漫画を……」

「…………」

目頭を揉《も》み、天を仰ぎ見る。

たったいま、俺の人生において一番意味不明なイベントが、この身に起きていた。いやほんと、何だよこの出来事……つかこれ、貸した場合はどうなるんだ？　寛容な閻魔《えんま》様もさすがに、同級生の女の子にえっち漫画を貸した罪で、俺を地獄に落とすんじゃねえの？

思いつつ、俺は改めて檜原に向き直ったのち、告げる——それは、俺の個人的な感情や配慮などとは全く関係のない、ただの純然たる事実だった。

「悪い、檜原さん。俺、えっち漫画は電子で買う派だから、貸せねえんだ」

「そ、そっか……残念……」

「ああ、ごめんな。えっち漫画はうっかり紙で買うと、自室における隠し場所に困り、同居してる家族にバレる可能性が高まるんだよ。——妹にえっちな漫画を買ってるのがバレた時のいたたまれなさったらねえからなマジで！　という訳で、あの『お兄ちゃんもこういうの読むんだ事件』以降、えっち漫画に関しては、俺は電子書籍派なんだ」

「く、詳しく教えてくれて、ありがとう……？」

「どういたしまして！」

俺はそう言ったのち、真っ赤になった顔を両手で隠して俯《うつむ》いた。

何で俺は俺のえっち漫画事情を、檜原に説明してんだよ……彼女の冷静さにあてられて、余計なこと言ってんじゃねえよ……俺はそう反省しつつ、俯けていた顔を上げる。それから、いい加減この話題を打ち切るため、少しだけ話題を逸《そ》らすように続けた。

「いやでも、檜原さんは本当に、俺のブログを読み込んでくれてるんだな……というか檜原さんって、マジで豪傑丸さんなのか……」

「う、うん……夜宮《よみや》くんのブログ、大好き……」

「う……あ、ありがとう……」

めちゃくちゃ気恥ずかしい言葉だった。

あのブログは本当、俺の本音を洗いざらいぶちまけた、それこそ俺の本性丸出しのブログなので——それを好きと言ってもらえるのはなんだか、俺という拗《こじ》らせオタクの人間性そのものを肯定してもらえてるみたいで、どうしようもなく嬉しかった。俺を褒めてくれる豪傑丸さん、ホント好き……。

そうして俺が照れていると、檜原はふいに、ちょっとだけ怒ったような顔になる。突然のそれに俺が面食らっていると、檜原は怒気を孕《はら》んだ、彼女らしからぬ声音で口にした。

「でも、だからこそ……最近の夜宮くんのブログは、嫌いかな……」

「え——き、嫌いって、なんでだよ……」

「だって夜宮くん、私が豪傑丸だってわかってから——外面用の文章を書いてる」

「…………」

さすが、俺のブログの超お得意様だった。……檜原さんってほんと、俺（の文章）のことが好きな？　内心でそう思っていると、彼女は俺を睨《にら》みつけながら、言葉を続けた。

「何のことか、夜宮くんもわかってる筈《はず》。――昨日更新された、ゲーム『ミナゴロシロワイヤル』のネタバレ感想記事なんか、酷《ひど》かった……だってあれ、夜宮くんは絶対、面白いと思ってない。それなのに、『あそこは悪くなかった』『あれは評価できる』って言葉が並ぶばっかりで、どう面白くなかったのか、全然書いてなかった。本音を隠してた」

「…………」

「それは、私が豪傑丸だってわかって……私に読まれるのを、意識したからだよね？」

羞恥心から俺の体が火照《ほて》りだす。……彼女の言う通りだった。まさか檜原を意識してブログの書き方を変えてしまったら、それがご本人にバレるとは……！

俺はわかりやすく顔を赤らめつつ、罪人が懺悔《ざんげ》をするように、檜原に白状した。

「……ああ、そうだ。俺は、檜原さんにこの文章を読まれると思ったら、本音を書くのが恥ずかしくなって……というか、作品をこき下ろす最低な俺を、同じ部活の女の子に見せたくないと思って――だから、あんな上辺だけの記事を書いちゃったんだよな……」

「よ、夜宮くんの、ばかっ……！」

檜原はそんな言葉と共に、ぽふっ、と。俺の左腕を、蚊も殺せなそうな弱さでグーパンチする。――あまりにも軽い、攻撃になんかなっていない一撃。それでも、それは感情ののった一発で。俺の心の奥底に、ボディブローのように突き刺さるのだった。

「わ、私は、面白くないと思った作品を徹底的にこき下ろす、最低な夜宮くんが好き！」

「え、ええと、檜原さん……？　それ、俺のこと褒めてる？」

「もちろん！　たまに、私が好きな作品を徹底的にこき下ろしてるのを見た時には、『何でこの面白さがわからないの？　感受性死んでる？』って思う時もあるけど！」

「絶対褒められてないだろこれ」

「だから褒めてる！　――だって、夜宮くんには自分がある！　好きな作品を『好き』と、嫌いな作品を『嫌い』と言う、揺るぎない自分が！　私はそこが好きなの！　世間の評価に惑わされず、作者の人間性に影響されず、ただ生み出された作品と真正面から向き合って、自分がどう思ったかだけを口にするあなたが好きなんだよ！　だから、私も好きだと思った作品を『好き』って言ってくれた時は本当に嬉しくなるし、私が嫌いだと思った作品を『嫌い』って言ってくれた時にはわかりみが生まれる！　夜宮くんは正直だから、あなたの好きや嫌いには説得力があるの！　あなたの文章にはあなたの魂が宿ってる！　だから私は、あなたのブログが好き！　誰にも媚《こ》びない、媚びることを許せない、夜宮光助《こうすけ》という自分しかいない、あなたのブログが大好き！」

「ひ、檜原さん……」

「それなのに――私が豪傑丸だって知ったくらいで、他人の目を気にして、クソみたいな記事を書くな！」

「檜原さん⁉」

頬を赤らめ喜んでいた俺に、いきなり冷や水を浴びせてくる豪傑丸さん。……俺もまんさきのＵ《ゆ》－Ｋ《う》ａ《か》のファンとして拗らせている自覚はあるけど、彼女も彼女で中々だった。

いやでも、ありがたいなほんと……俺の自己満足としてやっているブログで、他人の目を気にした文章を書いてしまったら、「そんなん書くな！」と怒ってくれるって、ファンの鑑《かがみ》だろこれ……そう思った俺はそこで、一つの結論に行き着く。

そっか。檜原は俺を、外見で好きになった訳じゃなくて――俺の中身を。ブログっていう、俺の素が出ている場所を評価して、好きになってくれたんだよな？

それって、好きになってもらえる理由としては、最上なんじゃないか？

「…………」

「……よ、夜宮くん？　ご、ごめんなさい、ちょっとヒートアップしすぎた……クソみたいな記事って言って、ごめん……そう思ったのは、嘘《うそ》じゃないけど……」

「いや、謝るのならちゃんと謝りきれよ」

俺のそんなツッコミを受け、「ふふっ」と可愛《かわい》らしく笑う檜原。……その笑顔を直視できない。素の俺を好きだと言ってくれて、俺が俺らしくないことをした時には、一読者として怒ってくれる――檜原がそんな、素敵すぎる女の子だと自覚した俺は、彼女の目をまともに見れなくなっていた。……なんだよ。なんなんだよ、この感情は。

俺は、俺にとっての推しが誰なのか、忘れたのかよ？

……いや、忘れてない。忘れてないけど、だからこそ。

彼女を推しとして推せば推すほど、本当の感情を押し殺してしまっている俺は、それ故に――前髪を上げた檜原の綺麗《きれい》な瞳を、正面から見返せなくなってしまったのだった。

「ど、どうしたの、夜宮くん……や、やっぱり、怒ってる？」

「…………それだけはないから、気にしないでくれ……」

俺は小声でそう返事をすると、小さく息を吐いた。

いい加減俺も、自分の名前を『北原春希《きたはらはるき》』にでも変えるべきかな……いやまあ、もし俺があいつだったら、絶対にかずさを泣かせたりはしねえけどな！

内心でそうやってふざけることで、自身の感情の荒ぶりを静めていると……どこか不安げな顔をした檜原が、俺を見つめてくる。それを受けて俺が、彼女から再度視線を逸らしてしまったら、檜原は小さく頭を下げながら言った。

「い、いろいろ言い過ぎて、ごめんね？　……わ、私は、夜宮くんのブログが本当に好きだから、言いたいことが溜《た》まってたのかもしれない……ごめんなさい……」

「い、いや、だから謝んなくていいっつの。むしろ……俺のブログをそんなにしっかり読んでくれて、ありがとな」

「……これからは、私の目なんか気にしないで、いつも通りのブログ、書いてくれる？」

「ああ、そうするわ……つか、昨日の感想記事も、近いうちにリライトするよ……もっと自分のために、こんなの誰も読まねえからなに書いたっていいだろ、って気持ちで、書き直してみるわ……」

「ふふっ、楽しみ……」

檜原はそう言って、本当に楽しみにしてるみたいに笑った。……それを見た俺は、もう本当の意味で自分のためだけに書いていたあの頃には戻れないんだな、なんて思った。

だって結局は、俺がこれから書き直す記事も、彼女だけは読んでくれるから。

だから俺は今後、自分のためだけにではなく、彼女のためにも——自分を偽らない記事を書こうと、そう思うのだった。

そうして、会話がいち段落し、どこか弛緩《しかん》した空気が部室に流れる……それから、スマホを取り出して時間を確認した檜原は、小さく頷《うなず》きながら呟《つぶや》いた。

「十五分……よし……」

次いで、彼女は学生カバンからワイヤレスイヤホンを取り出すと、それを再び両耳につける。そのまま、スマホで芸人さんのコント動画を観始《み》めたけど……あ、あれ？　今日は私、夜宮くんとお話をしたいと思っています！　って言ってたのに、何故《なぜ》動画を……？

檜原《ひのはら》の行動に対し、そう疑問に思った俺はだから、彼女にこう尋ねた。

「あの、檜原さん？　お前はなぜ急に、芸人さんのコント動画を観始めたんだ？」

「え……これは、その……夜宮くんとはもう十分《じゅうぶん》会話したから、これ以上は話さなくてもいいかなと、そう思って……」

「お、おう、そっか……」

「……あ、あれ？　やっぱり、今日は夜宮くんとお話をします宣言をした以上、もうちょっとお話しした方がいい、かな……？」

「……いや？　別にお前がもういいなら、いいんだけどな？」

そういえば彼女って、好きな人とは会話なんかしなくても、一緒にいられればそれでいい、という価値観の持ち主だもんな……それじゃあ、もう無理に話す必要はないのか。

俺がそう結論付けていたら、ふいに両耳のイヤホンを外した檜原が、スマホをスカートのポケットに仕舞ったのち、俺に話しかけてきた。

「か、会話を再開します。よろしくお願いします！　押忍《おす》！」

「……いや、俺と会話したくないなら、無理に話そうとしなくてもいいんだぞ？」

「ち、違う！　夜宮くんと会話したくない訳ない！　まあ、確かに……す、好きな人とお話しするのって、ちょっとダルいけど……」

「おお……さらっとすごいこと言ったな」

俺がそうたじろいでいると、檜原はそんな俺を見て、微苦笑を浮かべる。

そして、どこか悩ましげな表情をしたまま、彼女は続けた。

「て、手紙にも書いた通り、実は私は、自分に甘い性格で……夜宮くんと話すのは楽しいけど、そのぶん緊張もするし……だからもう、会話はいいかなって思っちゃいました！」

「なるほど。なんかすげえ檜原さんらしい思考回路だな、それ……つか俺、さっきの檜原さんの宣言は──『今日は一日中、あなたと会話をします！』っていう意味のものだと思ってたんだけど……」

「えええ……一日中……？」

「露骨に嫌な顔をすんなよ」

俺の発言を受け、明らかに困惑したような顔をする檜原。俺のことは好きだけど、俺と会話をするのはあまり好きではないようだった。本当に俺のこと好きなのかよお前。

俺が内心でそうツッコんでいると、檜原は慌てたように前に突き出した両手をぶんぶん振りながら、こう言い訳をする。

「い、嫌な顔なんてしてない！　……ちょっとだけ、しちゃったけど……」

「どっちだよ」

「い、嫌な顔はしました、ごめんなさい……で、でもそれは、夜宮《よみや》くんが嫌いだからそんな顔になった訳じゃない！　むしろ、好きだから！　それ故にしんどい！」

「そっか。複雑な思いがあるんだな？」

「う、うん……とにかく、私頑張る……我慢して頑張って、夜宮くんとお話しする！」

「我慢して頑張らないと檜原に会話してもらえない俺っていったい……」

そんな風に俺がツッコむと、そう言われるのをわかっていたらしい檜原は、楽しげにくすくす笑う。そののち、照れたように頬を掻《か》きながら、彼女は続けた。

「本当、こんな私で、ごめんなさい……好きな人と会話をするのが、あんまり得意じゃなくて……だから自分を甘やかして、好きな人からたまに逃げちゃう女の子なんて、夜宮くんとしても、面倒だよね……？」

「……まあ、そうだな。ちょっとだけ面倒だな」

「ふふっ、否定しないんだ……そういうとこ、夜宮くんっぽい」

「ただ、そんくらいの面倒さなんて、誰でも持ってるものだから。あんま気にする必要はないと思うぞ」

「よ、夜宮くん……」

檜原はそう呟いたのち、ぽっと赤らんだ頬に自身の両手を添えた。……また無駄に好感度が上がってしまったのではないかと不安を感じた俺に、彼女はこう返事をする。

「これくらいの欠点は、誰しもが持ってるもの、でいいの……？」

「ああ、たぶんな。だからあんま、気に病む必要はないんじゃないか？」

「そう言ってもらえて、嬉《うれ》しい……そっか。それじゃあ、この自分に甘い性格も——そのせいで、夏休みもあと一週間ちょっとで終わっちゃうにもかかわらず、まったく夏休みの宿題をやっていないことも、そんなに気にしなくていいんだね？」

「ごめん檜原さん、前言撤回。それは気にした方がいいわ」

「あれ⁉」

俺の前言撤回に、目を丸くして驚く檜原。俺だってビックリだった。

檜原が自分に甘い性格だっていうのはそれとなく伝えられてたけど、まさか期限ギリギリまで宿題をやらないタイプだったとは……檜原ってガワは真面目そうなのに、意外と根っこの部分は不真面目なのかね？

俺はそんな疑問を抱きつつ、ほんのり不良な同級生に対して、言葉を続けた。

「……檜原さんって割とガチで、自分に甘い女の子なんだな。はたから見てる分には、檜原さんにぐーたらなイメージとか、全然なかったんだけど……」

「よ、夜宮くんに嫌われたくないから、あんまり言ってなかったけど……私、先生にしっかり怒られるまで、宿題はやらないタイプ、だよ？」

「しれっと問題児じゃねえかおい」

「お腹《なか》が空《す》いたら、夜中にカップラーメンとか食べちゃいます」

「我慢しろよ。お腹が空いても夜中だったら我慢しろって」

「先月買ったリン○フィットアド○ンチャーは、私の部屋の隅で埃《ほこり》を被《かぶ》ってるよ！」

「やれ！　買ったならやれって！　買って満足してんじゃねえよ！」

そんな俺のツッコミに対し、肩を揺らして楽しげに笑う檜原。笑ってる場合か。

結局、そんな会話を交わした俺達はそれから、一人では終わりそうもない檜原の夏休みの宿題を、二人で協力してやっつけ始めるのだった――。

ちなみに、その際――「わ、私と夜宮くん、初めての共同作業だね……」とかあざといことを、顔を真っ赤にした檜原がぽしょぽしょ言ってきたけど、いいからお前は宿題やれよ。宿題が死ぬほど残ってるくせに、ラブコメしようとすんな。

第十三話　推しと夏祭りに行った。

「あ！　おーい。こっちこっちー」

ブログの件で檜原に怒られた数日後の、日曜日。午後五時過ぎ。

俺が大宮駅の待ち合わせスポットであるまめの木に向かうと、白百合《しらゆり》の模様があしらわれた青い浴衣《ゆかた》を着た花房《はなふさ》が、そこで待っていた。――帯の色は紫。浴衣に合わせて赤い鼻緒の下駄《げた》を履き、和柄のかご巾着を手に持つ彼女は、まさに浴衣美人といった趣だった。

そうして、俺が彼女のそばに駆け寄ると、花房はくるり、とその場で回転したのち、楽しげに微笑しながらこう言った。

「どう？　浴衣姿の憂花《ゆうか》ちゃん、やばいでしょ？」

「ああ、やばいくらい可愛《かわい》い。……お前はほんと、外見だけは抜群だよな……」

「ちょっと！　憂花ちゃんは性格が悪いことを除けば、内面も最高でしょ！」

「性格が悪いことを除いたら、最高になるのは必然なんだよなあ……」

俺がそうツッコむと、花房は「あははっ」と楽しそうに笑う。それから、彼女は俺の全身をじろじろ眺めたのち、意外そうな顔で言った。

「つか、憂花ちゃんはあんたに見せるために、わざわざ浴衣をレンタルして着てきてあげたけど、あんたも浴衣なんだ？」

「……あ、ああ。まあな……」

気になる発言をスルーしつつ、俺は自身の体を見下ろす。いま俺が身に着けているのは、俺みたいな男には少し勿体《もったい》ない、ねずみ色のカッチョいい浴衣だった。

「あんま気合が入ってんのもキモいから、こういう恰好《かっこう》はできればしたくなかったんだけどな……でも俺って、顔面が整ってないだろ？　だから服装ぐらいは整えておかないと、と思って昨日、妹にコーディネートしてもらったんだよ」

「ふうん……悪くないんじゃん？」

「そ、それならよかった……――は？　ちょ、何してんだよ花房さん……今日の俺、撮影禁止だから。撮るなら事務所の許可を得てからにしてくんない？」

「あんたに所属事務所なんかないでしょ」

そう言いながら、浴衣姿の俺をスマホでぱしゃぱしゃ撮影し始める花房。「はーい、目線こっちにくださーい」「もっと童貞っぽい感じで」「もっとモテない雰囲気で」「あーい。憂花ちゃん、あんたのその顔すこ」「……最初会った時は全然好きじゃなかったのに、どうしていま見るこいつの顔は、こんな好きなんだろ……」そんな言葉を漏らしつつ、花房は俺をスマホで撮り続ける。か、勘弁してくれよほんと……。

それから俺達は、花火大会の会場へと移動するため、東武野田線——ではなく、東武アーバンパークラインの下り電車に乗り込んだ。……この路線って、もう随分前に『アーバンパークライン』って愛称が導入されたんだけど、うちのお父さんは未《いま》だに『野田線』って言ってます。それで育ってきたので、死んでも変えたくないそうです。頑固かよ。

そうして、大宮公園駅に到着。そこからまたちょっと歩いて、俺達はようやく、花火大会の会場……大和田公園へと足を踏み入れた。

歩行者天国になっている道路を、多くの人々が行き交う。河川敷《かせんしき》に沿うように屋台が立ち並び、ホコ天の道路からそちらの方へと、人波が川のように流れていた。……それを受けて俺は、隣にいる花房に話しかける。

「……おい花房さん。早くマスクとサングラスと帽子を装備しろよ。まんさきのＵ－Ｋａ《ゆうか》という大スターがこんなところにいると知れたら、さいたま市民がパニックに陥るぞ！」

「大丈夫大丈夫。お祭りなんだし、みんな自分が楽しむことしか考えてないって。——ほら、そんなことより屋台回ろ！　憂花ちゃんもうお腹ぺこぺこ！」

「自分が楽しむことしか考えてない人がここにもいますねえ……」

正直、俺と花房が一緒にお祭りを巡ったら、明日の朝には——『まんさきのＵ－Ｋａ、彼氏と花火デートか⁉』という記事がネットに出ちゃうのでは、と気が気ではないのだけど……俺がそう不安に思っていたら、花房が「光助《こうすけ》は憂花ちゃんの彼氏とするには分不相応だから、大丈夫だって！」と励ましてくれた。励ますの下手か。

そんな風に内心でモヤモヤしつつも、俺は彼女と一緒にたこ焼きの屋台へと並ぶ。そのまま、二人で列が進むのを待っていたら、ふいに花房は口を開いた。

「こういうお祭りって来たことある？」

「そりゃあるけど……でももう、随分昔のことだな。確か家族みんなで、それこそ、この花火大会に来てたぞ。妹のひかりが小学校高学年に上がって、同級生の友達と一緒に行くようになってからは、自然と家族で行くこともなくなったけど」

「ふうん……女の子とは？」

「ある訳ないだろそんなの」

「ふふっ。即答すぎない？」

「でもな、花房さん――俺、ラノベや漫画、アニメの世界の中でなら、色んなヒロインと花火大会に行きまくってるから。オタクじゃないと絶対に経験できない、エモい夏を数多く経験してきてるから。こう考えると俺、夏祭りのプロなのかもしんねえな……」

「……それを自慢げに言うのが、なんかあんたらしいね」

「ちなみに、何かの本で読んだけど、屋台の出店って原価率やばいらしいぞ。わたあめなんか原価十円だからボロ儲《もう》けだってさ！」

「おいプロ。プロのくせに一緒にいる女の子の気分を悪くすんな」

花房はそう言いながら、俺の肩に自分の肩をどんっ、とぶつけてきた。……ちょ、なにその新技……いきなりバリエーション増やさないでくんねえ……？

俺がそう顔を赤くしていると、花房はくすっと小さく笑ったあとで、話を続けた。

「でも、そっか……じゃあ、光助が女の子と一緒にお祭りに行くのは、憂花ちゃんが初めてなんだ？」

「……そ、そうですけど、なにか？」

「ううん、別に？　——ただちょっとだけ、あんたが可哀想《かわいそう》ではあるかな。一緒にお祭りに行く最初の女の子が、憂花ちゃんだなんて」

「え……なんで？」

「だって憂花ちゃんだよ？　最初に憂花ちゃんとお祭りデートしちゃったら、絶対に今後の人生で、他のつまんない女とお祭りデートしても、憂花ちゃんと経験した夏以上の思い出なんてできないでしょ。だからあんたはもう一生、憂花ちゃん以外の女とお祭りに行く意味ないんだよ。——憂花ちゃんとじゃないと、駄目になっちゃったの」

「………………」

「そんなあんたが可哀想だから、来年もお祭り、一緒に行ってあげるね？」

そこまで言い切ると、花房はにやにや笑いながら俺の頬をつつく。……それに対して俺は、「来年のことは、わからんけど……」ともにょもにょ返事するしかないのだった。

「ちなみに。憂花ちゃんも男の子とお祭りに行くのは、あんたが初めてだから。──よかったね、憂花ちゃんの初めてが貰《もら》えて♡」

「……あ、あの、花房さん？　お前もしや、わざとエロい風に言ってねえですか？」

「えー？　憂花ちゃんがいま言った言葉のどこにエロを感じたわけ？　キモー！　自意識過剰じゃん！　つか、いまのをエロと思う方がエロなんですけど！」

「返しが小学生男子のそれなんだよなあ……」

そんな会話をしているうちにたこ焼き屋の列がなくなり、俺達の番になる。

花房が店主に向かって「二パックください」と言いながら、巾着の中から長財布を取り出した。──薄茶色とこげ茶色のまだら模様の、ブランド財布。花房はそこから一万円を抜き取り、店主に渡した。俺の推し、金持ちの女っぽい財布使ってんなあ……。

次いで、店主からお釣りを貰った花房は、たこ焼きを受け取るよう、視線だけで俺に指示する。なので俺は彼女の犬らしく、たこ焼き二パックを店主から貰い受けると、二人でその場をあとにした。もう俺、盲導犬くらい訓練されてんな……。

そうして、花房と共に河川敷の芝生まで来ると、たこ焼き一パックを彼女に手渡す。それから、自分の財布を取り出し、俺のぶんの金を払おうとしたら——「これは奢《おご》りでいいよ。あとであんたも、憂花ちゃんに何か奢ってね」と言われた。ゴチになります！

そのまま、二人して芝生に座り、たこ焼きを食べ始める。花房の方を見やれば「はふはふ……うっま！　屋台のたこ焼きマジで美味《おい》しいんだけど！」と感激していた。

それを受けて俺も、たこ焼きを頬張る。——美味《うま》い！　屋台で買ったメシっていうのはどうしてこうも、美味しく感じるんだろうな……。

「原価百三十円なのに美味《うめ》えー……」

「こんど原価の話をしたらぶん殴るよ？」

そのあとも俺達は、花房が俺を連れ回す形で、様々な屋台を巡った。

わたあめ、焼きそば、アメリカンドッグ、お好み焼き、ベビーカステラ、牛串……食いしん坊の彼女に触発され、色んな屋台で色んなものを食べて食べて食べまくった俺は、最終的に——花房からりんご飴《あめ》を渡されながら、こう言うのだった。

「も、もう食べられないでごわす……」

「いつの間に声太ったのよあんた。だらしないなあ……まだイカ焼きもかき氷も食べなきゃいけないんだから、頑張んなって」

「何故《なぜ》食べるの前提なんでごわす？　……もうさすがに、お腹《なか》がパンパンでごわす……食べるなら、花房さん一人で食べて欲しいでごわす……兄弟子に付き合わされるこっちの身にもなって欲しいでごわす……」

「誰が兄弟子よ」

「いやでもほんと、俺はもういいわ……このりんご飴食ったら、食い物系はもういらねえ……つか、このりんご飴も、果たして食い切れるかどうか……うぷ……」

「そんなに？　じゃあ、憂花ちゃんがちょっと手伝ってあげよっか？　──かぷ」

花房はそう言いながら、俺が手に持っていたりんご飴に齧《かぶ》りついてきた。ぱきっ、しゃきっ。飴と林檎《りんご》を噛《か》み切る心地のいい音。そうして、花房が顔を引いたら──俺の手元には、綺麗《きれい》な歯型のついたりんご飴が残されていた。…………。

「……りんご飴って、どういう処理をすれば永久に保存できんのかな……」

「持って帰ろうとすんなし！　憂花ちゃんが手伝ってあげたんだから、さっさと食べ切りなって」

「い、いやそもそも、ファンのりんご飴になんてことしやがるお前！　こんなことされたら、俺がこのりんご飴を食べられなくなることはわかってただろ……」

「そう？　間接キスなんて、もうとっくにしてるんだし、今更じゃない？」

「は？？？　間接キスなんて、もうとっくにしてるんだし？？？？　は？？？？？？」

「………そろそろ花火が打ち上がる時間かな？　憂花《ゆうか》ちゃん楽しみ！」

「わかりやすく誤魔化そうとしてねえかお前⁉」

推しの意味不明な発言に、そう困惑する俺。……え？　間接キスなんてもうとっくにしてるとは、どういうことだってばよ……俺が思い出す限り、俺と花房《はなふさ》がそういうことをした記憶は、マジでないんだけど――は？？？？？？？？？

ともかく、俺がそれについてより詳しい話を聞こうとすると――何かを察したらしい花房はいきなり、俺の手からりんご飴を奪い取り、「あ、あんたがもう食べらんないなら、憂花ちゃんが食べてあげるね！」と言った。そして、花房は宣言通り、俺の分だった筈《はず》のりんご飴をバリバリと凄《すご》い勢いで食い切る。ああ……推しの歯型付きりんご飴が……！

それから、どこか慌てた様子の花房に誘われて、俺は彼女とかき氷を買いに行った。

間接キスうんぬんについては、うやむやにされた感がぱねえな……と、俺がそう思いながら、花房と移動をしていたら――。

「あ……」

その道中で、俺達のクラスメイトである姫崎林檎《ひめさきりんご》と星縫夜子《ほしぬいよるこ》が、楽しそうに金魚すくいをしている場面を目撃してしまった。

「――――！」

や、やばい。クラスメイトはやばい！　この状況で、彼女達と会うのはマズ過ぎる！

――誰もが崇《あが》め奉《たてまつ》る、我がクラスの癒《いや》しの花、花房憂花。

そんな彼女が、カースト最底辺である俺とデートをしてるなんて、その事実がバレてしまったら……あんな男と一緒にいるってセンス悪くない？　と、花房の評判に傷がついてしまう！　それだけは避けなければいけない！

そう思った俺はそっと、花房にバレないように、踵《きびす》を返して歩き始める――。

……少しだけ補足をすると、姫崎と星縫は花房の友人であり、だからきっと、花房の隣に俺がいるのを見ても、あからさまな否定はしないと思う。

ただ、たとえそうだとしても……彼女の友人達が、俺を連れている花房を見て、良《い》い感情を抱かないのは確実であり――であれば、彼女の評価を下げないために、こうして花房から距離を取るというのは、拗《こじ》らせオタクとしては正解に違いなかった。

確か、俺が敬愛するラノベ主人公も、同じような行動を取っていたしな。自分の立場を理解して、一緒にいる女の子を傷つけないために、そっとその場を離れる……ラノベを読んで、勉強しておいてよかったぜ！　俺がそう思いつつ、さっき俺達がいた芝生へと戻るため、早足で歩いていたら――がしっ、と。誰かがふいに、俺の左腕を摑《つか》んできた。

それに驚き、振り返る俺。するとそこには、真剣な目をした花房が立っていた。

「いま、ほっしーと姫ちゃんが金魚すくいの屋台にいるから、一緒に来て」

「は？　お、お前、何考えてんだ……そんなの知ってるよ。だから俺はいま、お前と一緒にいるところを見られないために、離れようとしたのに――」

「逃げんな」

花房は俺を睨《にら》みつけながらそう言った。次いで、彼女は一瞬だけ物憂《ものう》げな表情を浮かべたのち、頭を振ってその感情を払い落とすと、真剣な顔になってこう続けた。

「憂花ちゃんも、もう逃げないから」

「は、花房さん……」

「一緒にいこ」

そう言って、俺の左手首をぎゅっと摑み、花房は歩き出す――。

俺の手を引きながら、前だけを見て歩く彼女の背中は、あまりにも美しかった。

「――――」

ああ、ほんとに、こいつは……。

俺は本当に、しょうもない奴《やつ》なのに。クラスに男友達が一人もいない、クソ雑魚《ざこ》陰キャなのに。顔もカッコ良くない、身長も高くない、内面もイケメンじゃない、ないない尽くしの男なのに。――どうして花房はそんな俺を、恥ずかしがってくれないんだろう。俺と一緒にいる自分を、恥ずかしがらずにいられるのだろうか。

――それはきっと、彼女は自分を、花房憂花を信じているからだ。

花房はたぶん、俺を過大評価してる訳じゃない。俺という男を、世間一般から見ても胸を張って友人に紹介できるようなカッコイイ男だと、そう自惚《うぬぼ》れてる訳じゃないんだ。

そうじゃなくて彼女は、俺が友人に誇れるようなカッコイイ男じゃないことを理解しながら、それでも――憂花ちゃんが選んだ男だから、恥じる必要はないと。

何も言葉で語らず、ただその背中でだけ、そう言ってくれていた。

「…………少しばかり、カッコ良すぎでは……？」

「ん？　何か言った？」

「いや、なんにも……」

そのまま俺は、カッコイイ女の子に手を引かれて、歩き続ける。

月の光に照らされて輝く彼女の黒髪が、目に痛いほど眩《まぶ》しかった。

◆◆◆

「つかもう、好きなんだべ？　憂花は根暗が好きだから、うちらの誘いを『先約があるから』ってブッチして、こいつと花火大会来たんだろ？」

「好きとか、そういうことでは……もちろん、いいお友達だけどね？」

「誘うタイミングが遅かったとはいえ、あなたがいいお友達程度の男の子を、私達より優先させる訳ないじゃない。……羨ましい。私も彼氏が欲しいわ……」

「だからー。まだ彼氏ではないんだって」

「『まだ』っつった！　こいつ、まだっつったぞいま！　……つか、なんで根暗なん？　憂花ならもっと上の男狙えたっしょ」

「よかったら今度、夜宮《よみや》くんのいいところを、二人にも話してあげようか？」

「ちょっと、ノロケないでくれない？　……というか、さっきから夜宮くん、石像みたいに一言も話さないのだけれど。大丈夫かしら」

「夜宮くん、何か喋《しゃべ》っていいよ」

「……ど、どうも、夜宮です……」

「憂花の許可がないと喋れないとか、大丈夫かよお前」

「ちゃんと憂花に人権を保障してもらっている？　事前の約束もなしに、彼女が暇な時にいきなり呼び出されたりしていない？」

「呼び出されてないって言って？」

「呼び出されてないです」

「ここまで主従関係がはっきりしたカップルも珍しいわね……」

星縫は微妙な表情でそう言って、俺と花房を交互に見つめる。……いやー、きっついわこの状況！　早く二人ともどっか行ってくんねえかな！

あれから時間は経過して、十数分後。

結局、花房に手を引かれて星縫達に紹介された俺はそのあと、二人から質問攻めに遭っている花房を、横からぼーっと見つめるだけのカカシと成り果てた。

更に補足すると、二人からの質問のほとんどは、俺と花房の関係についてで——花房はそれに一貫して、俺との関係は友達以上恋人未満であると答えていた。……お、俺達の関係って、友達以上だったんですか？

でもまあ、花房の女友達——星縫と姫崎はどうやら俺が思っていた以上に花房を信頼しているらしく、だから隣に俺がいても花房に幻滅など全くしていない様子の二人を見て、俺が一安心していたら……ふいに、姫崎がぎろっと俺を睨みつけながら、こう言った。

「憂花を不幸にしたら、ぶっ飛ばすから」

「…………」

「ちょっと、やめてよ姫ちゃん。まだそこまでの仲じゃないって、そう言ったでしょ?」

「そうよ。そもそも、不幸になるのは夜宮くんの方かもしれないじゃない」

「ほっしーも、ふざけたこと言わないでください」

そんなやり取りを終えると、姫崎は「じゃ、うちら行くから。夏休みが終わる前に、また三人で街ブラすっかんね」とだけ花房に言って、星縫と共に人波へと消えていった。

それを受けて、俺は一つ大きく息を吐く。……やべえ。俺は全然喋ってないのに、なんかすげえ疲れた……そんなことを思っていると、花房はにこにこ顔になって言ってきた。

「いい友達でしょ?」

「ああ、うん……やっぱスクールカースト上位勢は違うな。俺に対しても陰キャ、ぼっちというタグ付けをするだけで、レッテルは貼ってない感じだ……それで俺を下には見てない。――まあカースト関係なく、姫崎は俺を小馬鹿にしてたけどな!」

「あははっ。姫ちゃんのあれは、クラスの男子全員を下に見てるだけだから」

花房はそう言ったのち、ふいにスマホを見て「やば!」と叫ぶ。次いで彼女は、十九時手前の時刻が表示されたスマホを俺に見せながら、こう続けた。

「花火、もう始まっちゃう! 場所取りに行かないと!」

「ああ、そうだな」

そうして俺達は屋台のゾーンを離れると──「いい場所があるから、憂花ちゃんについてきて！」と言う花房に連れられ、河川敷《かせんしき》からちょっと離れた場所にある、大宮体育館に移動した。そこの入り口に繋《つな》がる階段が、彼女の言っていた「いい場所」のようで、俺と花房は河川敷より少し高い場所になっているその階段の中腹に、隣り合って腰かける。

そしたら、それと同時に──どぉん！　どぉんどぉん！　と爆音が弾《はじ》け、夜空に大輪の花が咲いた。どうやら花火の打ち上げが始まったらしい。

「うわー……やっぱすごいなあ、花火……きれー……」

「ああ、確かに……ただ、生で聞く花火の音、マジでうっせえな……」

「迫力があるって言えし」

「こんだけうるさかったら近所迷惑だろ……いい加減、消音花火とか作れねえの？」

「あんたはほんと、たまにはムードのあることとか言えないわけ？」

花房はそうツッコんだのち、つい零《こぼ》れてしまったみたいに笑う。

それがあまりにも綺麗《きれい》だったから、俺は思わず彼女から目線を逸《そ》らし、夜空を見上げた

──爆音と共に何発もの花火が弾け、眩《まばゆ》い光の屑《くず》を散らし、夜の空に消えていく。

正直な話、花火なんかどうでもよかった。推しとデートをしなければいけない、というプレッシャーが大きすぎて、俺には今日、花火を楽しもうなんて気持ちはこれっぽっちも

なかったのに、それでも——。

どぉん！　鮮やかな赤。どぉん！　力強い緑。どぉん！　美しい黄色。

刹那的な芸術が闇夜を一瞬だけ彩《いろど》り、儚《はかな》く散っていく。大輪の花が咲いたその瞬間を、夜空にピンで留めておくことはできない。それ故に、花火は美しかった。

いまこの瞬間、この一瞬しか、誰かと一緒に見上げることができない……そういう刹那的なものだからこそ、花火はこの瞳に、脳裏に強く焼き付くのだ。

……花火大会にカップルが多い理由が、少しだけわかった気がした。結局花火っていうのは、大切な人と見た思い出を記憶しやすい芸術なのだと思う。——鮮烈な美を目の当《ま》た《あ》りにすれば、それは強烈な記憶となって海馬に残る。その日、その時、自分は誰と一緒に花火を見たのか、という思い出と共に。

だから俺はこれまで、わざわざ一人で花火を見に行きたいとは欠片《かけら》も思わず——いまはこうして、花房《はなふさ》と一緒に見れてよかったと、そう思っているのかもしれなかった。

「…………」

とか、そこまでポエミーなことを考えたのち、ふと我に返った俺は猛烈に恥ずかしい気持ちになりました。……どうして人間っていうのは特殊な状況に酔って、こういうキモい思考をしてしまう恥ずかしい生き物なのですか？　教えてください先生。

そんなことを思いながら俺が赤くなった顔を俯《うつむ》けていると、ふいに——俺の右隣に座る花房が、とんとん、と俺の肩を叩《たた》いてきた。なので、彼女の方を見やれば……花房は手に何かを持ちながら、どこか不安げな表情を浮かべていた。

「ど、どうした……？」

「これ。あんたに、渡しとこうと思って……」

「……え、これ——」

暗闇でよく見えなかったそれが、花火の光に照らされて浮かび上がる——花房が手に持っていたのは、『まんさき デモ音源』とだけ書かれた、真っ白なＣＤ－Ｒだった。

「な、なんで、まんさきのデモ音源を……だってこれは以前、あげない、受け取らないって話になっただろ？　だから俺がこれを手にする日は、来ないと思ってたのに……」

「うん、そうだね。そういう話だった。でも……あげるよ」

「……これが何を意味するのか、わかってんのか？」

少しばかり荒い語調になってしまった。……だって俺はいま、花房に——『もうお前のことなんかどうでもいい』と、突き放されたような気分になってしまったから。このＣＤ－Ｒを俺に渡すというのは、そういうことだった。

『憂花《ゆうか》ちゃんが、このデモ音源をあんたに渡したら、それで……もう、私とあんたの関係は終わりとか……そんなこと、考えてないよね……？』

俺と花房は以前、そういう役割のモノとして、まんさきのデモ音源を扱った。

だから花房はこれを俺にあげたくないと言ったし、俺も彼女からデモ音源を受け取らなかった。……だというのに、いまになってこれを渡すというのは——花房はもう、俺との関係を白紙に戻したいと、そう思ってるってことか……？

そんな不安を覚えた俺が、つい訝《いぶか》しむような目で花房を見つめてしまったら、彼女は顔を俯け、滔々《とうとう》と話し始める。

それは、俺が想像していたそれとは真逆の、花房らしい覚悟の話だった。

「わかってるよ。これは、憂花ちゃんとあんたを繋いでくれた、大事なもの……でもね、憂花ちゃん、ふと思ったのよ。——いつまでもこれに縋《すが》りついてちゃ、駄目だって。このままじゃ、あの子に勝てないって」

「…………」

「これは保険なの。あんたと私がこじれて、素直になれなくなった時に、これがあるから一緒にいるのをやめられないね？　って、理由にするための。……私達にとっての逃げ道なのよ。だから、憂花ちゃんはこれをあんたに渡すの。渡して、もう言い訳しない」

「…………」

まんさき
音源

「だから、受け取んなさい」

花房はそんな言葉と共に、ぐいっ、と。俺のお腹《なか》にデモ音源を突き刺した。……だから

俺は反射的に、そのＣＤケースを掴《つか》む。――瞬間、俺はあることに気づいた。

彼女の手は、ＣＤケース越しでもわかるくらい、ぶるぶると震えていた。

「……貰《もら》って、いいんだな？」

「いいっつってんじゃん。何度も確認しないでよ。……決意が揺らいじゃうでしょ」

「すまん……」

「ぶっちゃけ、私だって怖いよ……憂花ちゃんはちょっとめんどくさいから、あんたに嫌われちゃうこともあるかもしんない。あんただってめんどくさい奴《やつ》だから、憂花ちゃんがあんたを遠ざけちゃう瞬間があるかもしれない。そういう時、この安直な約束事さえあれば、またやり直せるかもだけど……それを失《な》くしたら、どうなるかわかんない」

「…………」

「でもね、光助《こうすけ》……憂花ちゃんは証明したいのよ。あんたと私はもう、何もなくても一緒にいられるって。声が聞きたいから、顔が見たいから――こうしたいから。そんな、お互いの個人的な気持ちだけ持ち寄って、一緒にいられるって……証明したい」

「…………」

「そうやって、一緒にいたいのよ……」

花房はいつの間にか、俺の右手をぎゅっと握っていた。

彼女の左手が、縋るように、愛《いと》おしむように、俺の右手を摑む。……それは、推しとファンが握手会でするような握手じゃ、決してなかった、そうじゃなくて――普通の女の子が、好きな男の子を引き留めるために、手を繋ぐような……そういう摑み方だった。

俺はそんな花房の感情を、行動から、言葉から、正確に受け取る。

正確に受け取って、そのうえで――俺は彼女の左手を、ゆっくりと握り返した。

「っ！　こう、すけ……」

花房が泣きそうな顔で俺を見つめる。……いや、何で泣きそうな顔してんだよお前。訳わかんねえ……これって、嬉《うれ》しいことじゃないのか？　いいことなんだよな？

ならなんで俺も、ちょっとだけ泣きそうなんだろう。

心の奥底で何かが決壊した音がする。必死にせき止めていた筈《はず》のそれが、どうしようもない感情の奔流となって全身を駆け巡った。もう止められない。俺はこれまで、何とか自覚せずにいられたけど、もう終わりだ――。

思いつつ、俺は空いた左手でそっと、彼女の手からデモ音源を受け取った。

「あ……」

すると、花房が不安そうな声を漏らす。だから俺はもう一度、花房の左手を強く握り直した。彼女に安心して欲しくて、ファンとしてあるまじき行為を繰り返した。

そうして俺は、彼女に向き直る。花房の綺麗な目と目が合った。それについ緊張してしまった俺は、小さく唾を飲み込んだのち――顔を真っ赤にしながら、こう言うのだった。

「…………たぶん、俺も、同じ気持ちだ……」


「――――」


そう言った次の瞬間、俺は花房に抱き着かれていた。

それと同時に、俺の脳内でだけ――拳銃を持った俺がボロ泣きしながら、大好きな推しの脳天を撃ち抜くシーンが再生された。

さようなら、まんさきのU‐Ka。

俺はたったいま、花房憂花に恋をした。

もしかしたらそれは、そもそも恋に落ちていて……いまこの瞬間に、その感情を自覚せざるを得ない閾値《いきち》に達してしまったという、それだけのことかもしれないけど――俺は今日、まんさきのU‐Kaではない彼女のことを、好きになってしまった。

大好きなのに。

大好きだったのに……。

俺は推しを、死ぬほど推していたのに。花房に恋をしてしまった俺はもう、まんさきのＵ－Ｋａを二度とは推せなくなってしまった。

……だって俺はいま、彼女とキスがしたいと思ってる。

キスがしたい。髪の毛に触れたい。お尻を触りたい。おっぱいを揉《も》みたい。ベロを舐《な》めたい。セックスがしたい。彼女にキスをしながら、彼女の性器に挿入したい――。

そんな下劣な恋心を抱いてしまった時点でもう、性欲の絡《から》まない、俺の中で一番純粋だった――『推しを推す気持ち』は、殺されてしまったのだ。

他ならぬ、俺自身の手によって。

「ちょっと……なんであんたが泣いてんのよ……」

「……さあ、何でだろうな……ううっ……」

抱き着いてきた花房をそっと抱き締め返しながら、俺はそう返事をする。

どぉん！　という轟音《ごうおん》と共に、夜空に咲いた緑色の花火が、涙目になって抱き合う一組の男女を、たった一瞬だけ彩っていた――。

第十四話　推しにフラれました。

花房と一緒に花火大会に行った、翌日。午後二時過ぎ。

「…………あああ！」

俺は頭を抱えてそう叫びながら、自室のベッドの上でごろんごろんしていた。

その理由はもちろん、昨夜の、花房とのあれこれを思い出したからで——いや、マジで何やってんだよ俺……花房さんは俺の推しだぞ？　まんさきのＵ‐Ｋａなんだぞ⁉　そんな彼女の手を握り返すなよ！　抱き締め返すなよ！

一晩経《た》って冷静になったいま、そう思いはするものの……昨夜の一件があって、俺が花房に抱く感情の認識が変化してしまったことだけは、自分でもわかっていた。

「……もう俺は、まんさきのＵ‐Ｋａを推しちゃ、いけないんだろうな……」

推しに対して、その子とヤリたい、という感情を抱いてしまったら、それは純粋なファンじゃない——俺はそういう価値観を持っていた。だからこそ俺は花房に劣情を向けないよう努力してきたし、それが正しいファンの在り方だと、いまでもそう思っている。

ただ、俺は今更になって気づいた。

花房《はなふさ》に劣情を向けないよう『努力』をしている時点で、俺の中には既に、花房に対する恋愛感情が存在していたことに。

……何というか、本当に悔しかった。俺は俺のことを、純粋なファンだと信じていたのに。推しに近づかれても、ちゃんとファンとしての一線を引けていた自分を、オタクとして誇りに思っていたのに。――その全てが欺瞞《ぎまん》だったのだ。

「…………はあ。とりあえず仕事すっか……」

俺はそう呟《つぶや》くと、自身の感情については一度棚上げにして、勉強机の前に座った。

ノートパソコンを起動し、『月に帰る』というタイトルがつけられたワードを立ち上げる。それは、ちょうど昨日執筆し終えたばかりの、文芸コンクール用の自作小説で……花房と花火を見終えたあと、その勢いのまま書き上げた原稿だった。

自分の作品の出来を確かめるため、俺は完成原稿を頭から読み返す。

それは、日本最古の物語である『かぐや姫』を題材にした、恋愛小説だった。

神社の娘である『花継美緒《はなつぎみお》』が、ネガティブ思考の主人公『影山伸二《かげやましんじ》』に告白する場面から、この物語は始まる……それを受けて影山は、しどろもどろになりつつも、自分も好きだと彼女に返事をした。すると、急に泣き出す花継。彼女は「それなら、もっと早くに告白しておけばよかった」と呟いたのち、彼にとある真実を告げるのだった――。

《「実は私、来週、月に帰らなきゃいけないんだ……」》

内容としてはコメディ色強めで、かつラノベっぽさがあるので、だから文芸コンクールに出すならもうちょっと修正が必要なのかもと思いつつも、作品としては中々面白いのでやっぱ俺は天才なのかもしれんなあ！

そうして自分の才能に打ち震えながら、原稿を読み返していたら……俺はふと、とある小さな違和感に気づいた。

その違和感があったのは、俺が昨夜書いた部分で――それは、本作のヒロインである花継の台詞《せりふ》に関するものだった。

《「美緒ちゃん、あなたとまた会うのを、諦めないからね！」》

……………み、美緒ちゃん……？

不思議に思い、俺は遡って原稿を読み返す。……これまで、花継の一人称は「私」だった。「私が」「私は」「私にも」――昨日執筆したぶん以外は全部そうなっている。でも昨日、俺が書いた花継の台詞は、その全てが「美緒ちゃん」という一人称になっていた。

「…………」

それを受けて俺はもう一度、作品を頭から慎重に読み返す。――ネガティブなものの見方をする主人公、影山伸二。彼は人とコミュニケーションを取るのが苦手な男で、だけどそんな自分を変えようとしない、頑固者だった。

ヒロインの花継美緒。彼女は変なところで強がりな、でも真ん中に一本芯のある、めんどくさい女の子で……この作品のラストは、宇宙飛行士になる訓練をしていた影山のもとに、月から家出して地球に帰ってきた花継の、こんな台詞でピークを迎える。

《「美緒ちゃん、迎えに来てもらうのを待ってるような、つまんない女じゃないから」》

「…………うわあああああ……！」

ああ、くそ……くそっ、何で今まで気づかなかった⁉　ちゃんと俯瞰《ふかん》で見れば、こんなにもあからさまだったのに！　恥ずかしいくらいわかりやすかったのに！

結局のところ、俺が書いたこの作品は——俺と、花房の物語だった。

つまり、俺がこのひと夏を掛けて必死に書き上げたのは、魅力的な恋愛小説などではなく、俺と花房が結ばれるまでの、オタクの痛い妄想垂れ流し小説だったのだ……！

「く、くだらねー！　本気でくだらねえよこれ！　自分を主人公に、好きな女の子をヒロインに小説を書くとか、マジでダセェだろ⁉　小説投稿サイトが世間に浸透したいま、こんなクソダセェこと誰もやってねえぞ！　何やってんだよ俺！　あああああああ！」

俺はそう叫びながら、思わずベッドの上にダイブし、そのままごろんごろんする。

ただ、好きな女の子と結ばれた自分を見たいから、という激ヤバな理由でこの作品を書いた俺はほんとにキモいけど、そんな動機から生まれた作品でも、俺からしたらどうしようもなく愛おしいんだよなあ……これ、作家あるあるなんですかね……。

「でも、そうか……俺がこの小説を書き始めたのは、八月中旬くらいからで。しかもアイデアはそれより前に固まってたから……俺は祭りに行く前からもう、彼女のことが――」

まさか昨日自覚したばかりの感情が、こうして物的証拠として俺の目の前に現れるとは思っていなかった……もう本当に、目を逸《そ》らす時間は終わりだな。俺が花房をどう思っているのか、それを偽ることはできなくなってしまった。

本当は、花房の部屋に入ってみたかった。彼女と電話がしたかった。二人で一緒に、ご飯を食べに行きたかった。――花火大会に一緒に行きたいと、俺もそう思っていた。

この夏、そんな全部を花房が強引に叶《かな》えてくれたけど、俺はもうその感情を偽らない。

……推しがそれを望むからじゃない。俺が、花房と一緒にいたいから――今度からはそういう真っすぐな理由で、彼女の隣に並び立とうと、俺はそう決意するのだった。

「……つか、西坂《にしざか》先生には『作品を見せ合え』って言われたけど、こんなの、檜原《ひのはら》には絶対見せらんねえな……」

そう呟くと同時、俺の思考は自然とそちらに飛ぶ——檜原。

こんな俺を好きだと言ってくれた、俺と同じ文芸部に所属する、可愛《かわい》らしい女の子。

……キモい小説を書いてしまうくらい、俺の感情が定まってしまったいま、これまでうやむやにしていたそっちの問題についても、ちゃんと向き合わなきゃな……。

「…………気が重いな……」

俺はそう、心からの感情を漏らす。まさか俺にもこんな日が来るなんて、思ってもみなかった……誰かに好きになってもらえるだけでも奇跡なのに、それをお断りするなんて。

たぶん、俺の人生に花房がいなかったら、俺は檜原と付き合っていた。……軽薄な話だけど、きっとそうだ。だって檜原は本当に、俺には勿体《もったい》ないくらいの女の子だから。

——花房に絡まれなかった俺は、部室でひとりブログを書き続ける。そのうち、勇気を出した檜原が少しずつ、部室に顔を出すようになる。徐々に縮まる、二人の距離。一人きりだった部室はいつの間にか、二人でいることが当たり前になっていって——。

でも、そうはならなかった。

いま俺が想像したのは、ただのフィクションだ。あったかもしれない未来。もしくは、拗《こじ》らせオタクの痛い妄想。出会ったのは檜原が先だけど、俺は花房を好きになった。あのどうしようもない性悪に、心を奪われてしまったのだ……。

だから、ちゃんと、言わないといけない。

……本当は、嫌だけど。女の子を傷つけるなんて、そんなおこがましいこと、マジでしたくないけど……自分がしたくないことだからと言って、もう気持ちは定まっているにもかかわらず、何も言わずにいるのはもっと最低だからな……。

檜原にこの感情を伝えずに、彼女をキープし続ける——これが、俺がいま一番取ってはいけない行動だと、わかっていたから。

俺はそれをしないために、これから、檜原を傷つけないといけない。……俺を好きと言ってくれた、俺としても好ましい彼女を、フらないといけなかった。

「……ごめんな、檜原さん……」

カレンダーを見やれば、明日は水曜日。夏休み最後の、部活の日。

俺は明日、一番にしてあげられない彼女のことを、傷つけないといけない……。

そんな権利が、俺なんかにあるのか。それを考えると胸が苦しかった。

◆◆◆

日付は変わって、翌日。午後四時過ぎ。

「こ、こんにちは！」

「……おう。こんにちは」

普段と比べてだいぶ遅い時間に部室に来た俺は、檜原に挨拶を返しつつ、パソコン前のいつもの席に座る。それから、俺の隣に座る彼女の方に、体ごと向き直った。

ちなみに今日、檜原は長い前髪を垂らし、その可愛らしい目を半分ほど隠していた。

「なあ、檜原。ちょっといいか？」

「……な、なに……？」

つい沈鬱なトーンで言った俺に、檜原は不安そうな顔で尋ねてくる。どうやら警戒させてしまったらしい。でも俺は感情が声に、顔に出るタイプなので、そこら辺の気遣いはしようと思ってもできるものじゃなかった。不器用な男ですまんな……。

……檜原のことは、嫌いじゃない。むしろ、俺なんかを好きになってくれて、俺と喋《しゃべ》ろうとしてくれて、一緒にいようとしてくれて——本当に嬉《うれ》しい。

だからこそ、俺からはこんなことしか言えないのが、心底申し訳なかった。

そうして、俺は一つ深呼吸をしたのち、前髪で半分隠れた瞳を見つめる。不安げに揺れる彼女の目を、静かに捉え続けた。……緊張から唾を飲む。罪悪感で胃がきりきりと痛んだ。それでも俺が、伝えるべき言葉を口にしようとした、その瞬間——。

「や、やだ……」

檜原はそう言って、いまにも泣きそうな顔で、首を横に振った。

……それを受けて、俺の体の内側がまたきりきりと痛む。今度は胃じゃない。胸のあたりでもない。どこにあるのかも知れない、心とかそういう曖昧な部分が痛みを覚えた。

でも俺は、彼女の懇願を無視して、口にする。

これを言わないと、俺と檜原の関係は、間違ったままだから……そんなエゴを言い訳に、俺は彼女を傷つけるため、言葉を紡《つむ》ぐのだった。

「実は俺、好きな子がいるんだ」

「――――」

「だから、その、なんつうか……檜原さんとは、付き合えない……ごめん……」

「………………」

そんな、俺のいきなりとも言える告白に、檜原は顔を俯《うつむ》ける。

そうして、彼女は何も言わない。長い前髪に隠れて、彼女の表情もわからなかった。もしかして、泣いているのだろうか……俺がそう不安に思いながら、檜原の頭頂部を見つめていたら――ふいに、彼女は顔を上げた。

すると、そこにあったのは……乾いた目で俺を睨《にら》みつけながら、怒ったように頬を膨らませる、檜原の不機嫌そうな顔だった。

「や、やだって、言ったのに……」

「……ごめん……」

「そもそも、私をフること自体おかしい……だ、だって私、好きだから付き合って、って言ってないのに……」

「え……？」

「確かに私は、夜宮《よみや》くんに『好き』って言った……そう伝えるべきだと思ったから、そうした……でも私、あなたに『付き合って欲しい』とは言ってない、よ？」

「……あ、ああ、確かに？　俺はこれまで、檜原さんに好意を伝えられはしたものの、男女交際を求められたことはなかったのか……え？　じゃあ俺はいま、お前に何を――？」

「……夜宮くんはいま、『付き合って』って言ってない私を、勝手にフった……」

………えっと、俺っていますぐ死んだ方がいい？

檜原の発言を受け、そんな考えに至る俺。……い、いやでも俺的には、好きって言ってくれた相手に、好きかそうじゃないかを言わずにいるのは、不誠実だと思ってて――だけど、檜原が答えを求めてなかったのなら、何も言うべきじゃなかったですかね⁉

俺がそう、たったいま自分が取った行動がとんでもない間違いだったのではないかと、不安になっていると……檜原は儚《はかな》げな笑みを浮かべながら、こう言った。

「返事をくださいって、言ってないのに……辛《つら》い……」

「……あの、マジですまん檜原さん。俺としては、お前に好意を伝えられた以上、ちゃんとした答えを返さないとって、常々思っててな？　だから今日、思い切ってお前に返事をした訳だけど……ええと……」

「私の好きな人には、別の好きな人がいるんだ……泣きそう……」

「ごめん檜原さんどう謝罪したら足りるのかわかんねえけどほんとごめん」

もしかしたら俺も、夏祭りの夜に自覚したばかりの感情に、未《いま》だ混乱しているのかもしれなかった。だからこんな、返事を求めていなかった檜原を勝手にフるという、考えなしな行動を取ってしまったのかも……俺ってほんと、ゴミ人間かよ……。

俺がそう自己嫌悪《けんお》に陥っていると、未だ儚げな表情を浮かべたままの檜原は、胡乱《うろん》な目で俺を見つめながら、静かに言葉を続けた。

「あの、夜宮くん……私を勝手にフッた、夜宮くん……」

「はい。あなたを勝手にフッた夜宮くんです。殺してください」

「そんなことしない……でも、一つだけ、お願いしてもいいですか？」

「お願い？　——あ、ああ！　いまの俺は、檜原さんのお願いなら絶対に断らないから、なんでもお願いしてくれていいぜ！」

「現金で百万ください」

「………わっかりましたあ……」

「冗談。そんな脂汗垂らしながら、了解しなくていい……」

そう言いながら、元気のない顔のまま、それでも少しだけ笑う檜原。この状況でボケれるとか、檜原って意外とメンタル強いのでは？

思っていると、彼女は俺を正面から見つめたのち、頭を下げながらこう言った。

「──私と、友達になってください」

「は……？　と、友達……？」

「うん、友達。……他に好きな女の子がいる夜宮くんは、私の彼氏にはなってくれないみたいだから……友達には、なりたいな……」

「ほんとごめんなさい……え？　でも、友達？」

俺はそう、檜原の言葉を何度も繰り返してしまう。──友達。そんなの、わざわざお願いなんかされなくても、檜原となら簡単になれるけど……。

「でもそれって、檜原さん的には大丈夫なのか？　自分をフッた男と、友達って……」

「私が夜宮くんの彼女になりたがってたなら、あり得ないと思う……でも私、夜宮くんの彼女になりたくて、あなたに『好き』って言った訳じゃないから……」

「……………はい？」

「……いつか、こういう日が来るのは、わかってた……夜宮くんに、私を好きになってもらえるなんて、そんな期待はしてなかった。だから、こういう日が来た時に、私はこう言おうと思ってたんだよ──『彼女にしてくれないなら、友達にはしてください』って。そうすれば、夜宮くんは確実に、友達になってくれると思ったから」

「え……は？　ここまで説明されても、よくわかんねえんだけど……つまり、檜原《ひのはら》さんはそもそも、俺と付き合えるとは思ってなかったってことか？　で、こうしてフラれるのはわかっていたから、その時には『じゃあ友達にして』と言おうと思っていたと……」

「うん」

……頭がこんがらがってきた。

つまるところ檜原は、俺と両想《りょうおも》いになる希望を持たないまま、俺に好意を伝えたと主張しているようだけど……そんなことってあるのか？　見返りを求めない一方通行の好意なんて、それこそ、ファンが推しに抱くそれに近いけど──。

俺がそう、檜原の抱えている感情を理解できないでいると、彼女はどこか空元気っぽい表情で少しだけ笑ったのち、こう続けた。

「そんなに難しく考えなくていい。……夜宮くんは、ドアインザフェイスって言葉を知ってる？」

「あ、ああ。一応、知ってるけど……確かそれって、百円を貸して欲しい時にまず『千円貸してくれ！』って言って断られてから、『じゃあ百円貸して』って要求するテクニックのことだよな？　最初に無理難題をふっかけて、それを相手に断らせ、罪悪感を抱かせたあとで、本当の目的を達成するっていう……え？　も、もしかして――」

「それ」

「それ!?」

檜原の言いたいことがようやく理解できた俺は、大声でそう繰り返した。そ、そっか。そういうことか……。

最初、檜原は俺に対して、「好きだよ」と告白してきた。

しかし、彼女の真の目的としては、俺と付き合うことにはなく――檜原は初めから、俺と友人になれさえすれば、それでよかったのだ。

……もしかしたら、俺が花房《はなふさ》にどういう感情を抱いているのか、彼女は最初から気づいていたのかもしれない。だから檜原は、俺と付き合うことを目標にしなかった。そうじゃなくて、俺に「付き合えません、ごめんなさい」と言われた時に——「じゃあ友達になってください」と言うために、俺に好意を伝えてくれていたのだ。

そこまで考えをまとめた俺は、つい微妙な顔になってしまいつつ、檜原にこう尋ねた。

「ええと、あの……お前をフッたばっかの俺が、こんなことを言っていいのか、わかんないんだけど……檜原さんのそのやり方は、さすがに迂遠《うえん》すぎないか？　普通に、友達になってください、から始めればよかったのでは？」

「ふふっ、そうかも……でも私にとって、あれは必要なことだった……あの告白は、夜宮くんの恋人になるために、したんじゃない。そうじゃなくて……一番しんどいことを最初に済ませてしまって、それから夜宮くんと一緒にいるための、荒療治というか……」

「俺への告白を『一番しんどいこと』って表現してんの、なんか檜原さんらしいな……」

「でも本当に、夜宮くんに告白したら、あとは楽だった……それまでは、夜宮くんと一緒にいるだけで緊張してしまったけど、一度告白したら吹っ切れた。——それに、私の気持ちは伝え終わってるから、これからは無理にアピールする必要はないと思ったら、私らしくいられた……私らしくいすぎて、何も話さないで終わった日もあったけど……と、ともかく。私はいま、私の計画通りにフラれたので、夜宮くんにお願いがあります！」

……計画通りにフラれたって、それ、言ってて悲しくならないか？

思わずそうツッコみたくなったけど、そんな言葉はもちろん呑み込んだのち、俺は彼女を見つめる。――前髪に隠れた、半分だけの瞳。潤んでいないそれを俺に向けながら、無理やり作ったような笑顔と共に、檜原はこう言った。

「彼氏になってくれないのなら、その代わりに――私と、友達になってください」

「……はい。喜んで」

「ふふっ……ありがとう、夜宮くん……」

俺の言葉に、そう言って微笑する檜原。……けれど、俺は気づいていた。

自然に頬を緩めているように見える彼女の、その唇が少しだけ、震えていることに。

「…………」

それに、俺は気づかないフリをする。

花房を選び、檜原を傷つけた俺に、かけられる言葉などなかったから。……彼女の痛みをわかった気になって、ここで安っぽい慰めの言葉をかけることこそ、檜原を更に傷つける結果にしかならないとわかっていた俺はだから、ただ黙り込むしかなかった。

そうして、俺が何も言えずにいると、檜原は話し出す――それは、いつもの雰囲気を取り戻そうという彼女の意図が垣間見《かいまみ》える、無理やり絞り出したような軽口だった。

「じゃあ、せっかく友達になったから……知り合いの悪口とか、言い合う？」

「クマ太郎に喋《しゃべ》らせてる時とか顕著だけど、檜原さんって意外とそういうとこあるよな」

「でも、異性の友人同士って一体、何をするのが正解なのかな……恋愛相談、とか？」

「そ、それは、さすがに……」

「ちなみに、私はついさっき、好きな人にフラれました……なので、私のお友達になってくれた夜宮くんに、慰めて欲しいかな……」

「……ひ、檜原さんをフるなんて最低な男だなそいつは！　──気にすることはないぞ檜原さん！　そんな女を見る目がない男、付き合わなくて正解だ！　きっとそいつは、大好きな女性声優さんが結婚を発表した程度のことで、その人が声を当ててるアニメを平常心で観《み》れなくなるような、器のちっさいオタクに違いないぜ！」

「私の好きな人を馬鹿にしないで」

「……女の子を慰めるのってムズ過ぎでは？」

　せっかく彼女の話題に乗っかったのに、自分を貶《けな》したら怒られた俺はそうツッコむ。すると、檜原さんは「ふふっ、くふふっ……」といつものように笑ってくれたけど──残念ながら俺は、それを純粋な笑みと勘違いできるほど、鈍感な男にはなれないのだった。

インタールード

「おかえり由女《ゆめ》。もうすぐ晩ごはんだから、ちょっと待っててね」

「私、今日はごはんいらない……」

「え？　いらないって……由女？」

「ごめん、いまはほっといて……」

私はお母さんにそんな塩対応をかましつつ、自室のある二階に上がる。

ベッドにポ○モンのぬいぐるみが何個か置かれている以外は可愛《かわい》さの欠片《かけら》もない自分の部屋に入ると、私は「はあああぁぁぁぁ〜〜〜」と長いため息を吐《つ》きながら、勢いよくベッドに倒れ込んだ。

うつ伏せの状態で、死んだように枕に顔を埋《うず》める。——ご覧ください。これが、好きな男の子にあっさりフラれて、そのショックでゾンビ化した哀れな女です。これから、花房さんのお家《うち》に行って、彼女もゾンビにしてやろうと思ってます。私から夜宮《よみや》くんを奪っておいて、お前だけ幸せにしてなるものかあああああ……うがあああああ……。

「わかってたのになぁ……わかってたのに……」

夜宮くんが私を好きになってくれないって、わかってたのに。

だから私はそもそも、『夜宮くんと友達になる』という目標を、最初に設定したのだ。

彼の恋人になるという目標は、たとえ設定しても、叶《かな》えられそうになかったから……ちゃんと分を弁《わきま》えて、夜宮くんと友達になれたらそれでオッケー！　一言も喋れなかった頃から考えたらすっごい進歩だよ！　やったね由女ちゃん！　と自分に言うために、友達を最終目標に設定していたのに……それなのに……。

「なんで私はいま、こんなにも死にたいのですか……」

何というか、失恋って生理みたいなものなんだね……女の子のデリケートな部分にズシンと来る感じとか、精神的にもダウナーに入っちゃうのとか、かなり似てる気がする。これ、女の子はめちゃくちゃ共感してくれるんじゃないかな……私だけかなあ……。

私はそんなことを思いつつ、のっそりとベッドから起き上がる。

……くよくよしててもしょうがない。期待してなかったのに、何をこんなに凹《へこ》んでるんだ私は。そう自分を鼓舞しつつ、本棚の前に立った私がそこから手に取ったのは――『たいのおかしら』という、さくらももこ先生のエッセイ本だった。

元気が出ないときは大好きな本を読もう！　うん、そうしよう！

もちろん、スマホでバラエティ番組を観漁《みあさ》る、YouTubeで大好きな芸人さんのコントを観漁る、という選択肢もあったけど、私にとってバラエティは、ご褒美《ほうび》として観るものだから……学校を頑張ったご褒美、恋愛を頑張ったご褒美に、バラエティ。夜中、ベッドに寝っ転がりながらスマホでバラエティを観てる時間が、一番幸せです！

そんなことを思いつつ、私は勉強机の前の椅子に座り、文庫本を読み始める。

軽妙な文章、極上のユーモア、奇想天外なエピソード……さくらももこ先生のエッセイには、エッセイとしての魅力が余すところなく詰まっていた。文章を読んでいるというよりは、面白い友達の面白い話を聞いてるみたい。先生の作品にはそんな、心地いい軽快さがあって――「ふふっ、ふふふっ……」もう二十回くらいは読み返したはずなのに、私はそれでも笑ってしまう。大好きな本を読んでる時だけは、失恋の痛みを忘れられた。

読む。読む。読む。貪るように読み続ける。

ああ、やっぱり面白いなあ。この本、大好きだなあ……私がそう思いながらエッセイを読んでいたら、ふと……文章を追っていた私の視界に、何かが映り込んだ。

――それは、小さな黒いシミ。

文字しかない筈《はず》のページに突如生まれた、謎の丸いシミだった。

「え……？」

思わず私は呟《つぶや》く。原因不明のシミに、戸惑いの声が漏れた。

ぽた、ぽた、ぽた、と。そのシミは私が読んでいる本に水玉模様を描くように、黒い丸を作っていく。な、なんで……やめて。私の大好きな本を、汚さないで……。

そう思うのに、シミは減らない。むしろ、時間を追うごとに増すばかりだった。

「う、うううっ……なんで、私は……あああああっ……」

——そのシミの正体は、私の涙だった。

ぽろぽろと勝手に、私の目から涙が溢《あふ》れる。そしたら勝手に、私の大好きな本にその雫《しずく》が落ちて、黒いシミを作っていた。ぽた、ぽた、ぽた。涙は止まらない。いま開いているページがどんどん黒い丸で埋め尽くされていく。……これが電子書籍だったら、本を濡《ぬ》らさなくても済んだのに、なんて、ちょっと見当違いなことを考えてしまった。

「あ、あうううっ……うあああああっ……！」

大好きな本の世界に逃げようとして、それでもやっぱり現実に捕まった私は、胸の痛みを自覚してだらしなく泣き出した自分に気づいた時、ようやく理解した。

本当は彼に、好きって言って欲しかった。

目標を友達に定めていたのは、確かにそうだった……花房さんと夜宮くんの関係は、部室の外から少し覗《のぞ》いただけでも、友人以上のそれだというのは、わかっていたから。

だから、期待なんかしていない筈だった。

実際、「そんな期待はしてなかった」と、彼にもそう言えた。

でもそれは、ただそう言えただけで、本心なんかじゃなかったんだ……。

「諦めてた、はずなのに……諦めから、始まってた筈なのに……うあああぁっ……」

そんなの嘘《うそ》だった。

私は彼を諦めていなくて、だからいま泣いているのだ。

むしろ、彼と花房《はなふさ》さんが部室で楽しそうにしているのを見た、あの瞬間——諦められたら、どれだけよかったことか。

あの時私が抱いた感情は、諦めじゃなかった。きっと、夜宮くんに渡した手紙にも書いた、醜い嫉妬心こそが、私の本音だったんだ……。

「取らないで……」

再度、私の口から感情が零《こぼ》れる。

……本当に醜い女。だから好きな人にフラれたんじゃないのか。自分でもそう思うのに、それでも、感情は止まらない。

取らないで。

持って行かないで。

返して——返して！

私の方が先に好きだったんだから、ずるいよ……。

絶対に、私の方が好きなのに……彼に対する好きの大きさでは、負ける筈がないのに。ちょっと顔が可愛いから、まんさきのU－Ka《ゆうか》だから、おっぱいが大きいから——そんなくだらない理由で、私から夜宮くんを盗まないでよ！

「ううっ……夜宮、くん……夜宮くん……！」

いつの間にか私は、涙で濡れた文庫本を、ぎゅっと胸に抱いていた。

もしかしたら私の、こういう嫉妬深いところも、彼にバレてたのかな……そうだとしたら、こんな女、夜宮くんにフラれて当然だった。

だいたい、花房さんが夜宮くんに近づいたから、それを受けて自分の恋を走らせ始めるっていうのがもう、不純だもんね……好きだから好き、と、取られたくないから好き、じゃ、好きの強度が違うよ……。

だから、結局のところ私は、夜宮くんに対して純粋な恋なんて、できていなかったのかもしれない……本当に彼が好きなら、花房さんが現れるより前に、文芸部の部室から逃げ出さずに、彼と向き合えてた筈だしね……それができなかった私は、ただ恋に恋していただけで、夜宮くんに本気な訳じゃなかったのかも、しれないけど……でも――。

じゃあなんで、こんなに好きなんだよ。

なんでこんなに、痛いって感じるの……。

「ううっ、ぐすっ……ううう……」

胸に抱いていた文庫本を勉強机に置き、乱暴な手つきで溢れる涙を拭う。止まれ、止まれ、止まれ。頭の中でそう唱えながら、手のひらで何度も両目を擦《こす》った。

そうしながら考えるのは、夜宮くんと友達になる、という偽りの目標のこと。

そもそも、今日私が夜宮くんに言ってたことは、おかしかった……だって私は、友達になりたかっただけ、とか言いながら、これまで彼に好き好きアピールをしまくっていた。

愛の告白、感情を詰め込んだラブレター、花房さんに対する宣戦布告――そんなの、夜宮くんに好きになって欲しいから、そうしたに決まっていた。それは決して、彼と友人になるためじゃない。夜宮くんと友人になった程度のことで、満足できる筈がない。

だって私は、好きな男の子のことが大好きな、女の子だから。

せっかく、手を伸ばせば触れる距離に、好きな男の子がいるのに――ただの友人関係で満足できる女の子なんて、この世にいる筈がなかった。

「………負けない……」

今日、夜宮くんにフラれたばかりの私は、それでもそう呟いた。……負けないって、何言ってるの？　私はもう負けてるのに、そんなの馬鹿だよ……。

自分でもそう思ったけど、それは単純なことで——負けないっていうのは、負けを認めないっていう、ただそれだけのことだった。

夜宮くんは十中八九、花房憂花《ゆうか》が好きらしい。

けどそれは、夜宮くんが彼女を好きなだけだし、もし花房さんも彼を好きなのだとしても、まだ二人は付き合ってないみたいだから……チャンスはゼロじゃない。

それに、仮に二人が付き合いだしたとしても、別れるまで待てばいい。

……もしあれなら、待たなくてもいいかもしれないしね。夜宮くんはきっと、根が善い子だから、浮気《うわき》なんて怒るかもしれないけど……私は逆に、根が悪い子なので！

心の清らかな夜宮くんをイケナイ道に走らせ、そのままイケナイ関係になるのもいいかもしれないと、私はそう考えて——「ふふっ」と小さく笑うのでした。あ、あれ……いまの私、ちょっと怖かったかな？　でも、私の本性ってこうなので……えへへ……。

ともかく。私の中で腹は決まった。決まってしまった。

「……私は、私が好きである限り、好きを諦めない……」

言葉にすると陳腐で、それなのに重い、そんな思い。

これからの道が茨であることを自覚しているのに、それでも……私はそう呟いて、涙目のまま不敵に笑うのでした。

……できることなら、失恋したかった。

夜宮《よみや》くんに、『実は俺、好きな子がいるんだ』と言われたあの瞬間、この恋心も失《な》くしてしまいたかったのに——どうやら失恋することと、恋を失うことは違うらしい。今日、無残にも失恋した私は、この手に傷ついた恋心を持って、それでもまだ戦おうとしてる。ぼろぼろの体のまま、戦場に赴こうとしている。

もしかしたら、報われる日なんて来ないのかもしれない。

いつまでも彼の隣で傷つき続けて、それでこの恋は終わってしまうかもしれない。

「でも、それでも——」

——それでも私は、彼を好きでいることを、やめられないから。

報われるまで諦めたくないからじゃない。

諦めるのを諦めなきゃいけないくらい、好きだから……私は、私を好きじゃない男の子に片想《かたおも》いし続ける覚悟を、決めるのだった。

「……やっぱ、恋ってしんどいな……ふふっ……」

私はそう呟きながら、少女漫画の主役みたいに微笑する。

それから、泣き濡れた目元を再度拭った私は、前髪についていたヘアピンをそっと外した。そして、いつものように前髪をまとめると、その前髪をアップの状態にしたのち、改めてヘアピンでさっと留める――。

こうして、私の戦いは、ここから始まるのだった。

第十五話　推しの推しと女の喧嘩《けんか》をしました。

夏休みが終わり、二学期が始まって最初の、部活の日。

放課後の文芸部室には私と、私の正面に座る檜原《ひのはら》さんの、二人しかいなかった。

「……………」

……ちょっと。何であいつ、今日は部室にいないわけ？　夏祭りのあの日以降、久しぶりに光助《こうすけ》と二人っきりで会えると思ってた憂花ちゃんのワクワクを返してくんない？

そう思いつつ、私は「はあ……」とため息を吐《つ》く。とりあえず、あいつに『いまどこにいんの？　憂花ちゃんを待たせていいと思ってんの？』的なラインを送るため、憂花ちゃんは学生カバンからスマホを取り出そうとしたけど——その前に。

何故《なぜ》か今日は前髪をポンパドールにしている檜原さんに、話しかけられてしまった。

「あ、あの、花房さん……ちょっとだけ、立ってもらっていい、かな……？」

「え？　いいけど……」

檜原さんに言われた通り、私は席を立つ。

そしたら檜原さんは、学生カバンから何かを取り出したのち、自身も椅子から立ち上がった。次いで、彼女は憂花ちゃんの方へとどっとこ歩いてくると（その歩き方なに？　男ウケ狙ってんの?）、私の目の前で立ち止まる。

手を伸ばしてもギリ殴れない距離。そんな間隔を空けて私達は対峙《たいじ》すると、彼女は手に持っていたそれをいきなり「えいっ」という可愛《かわい》らしい掛け声と共に、私に投げてきた。

——ぱすっ。痛くもない感触が私の胸に当たり、床に落ちる。

突然の攻撃に不快な気分になりつつ、床に落ちたものを確認すると、それは白い軍手だった。……なんで軍手？　というかこの女、なんで放課後の部室でいきなり、憂花ちゃんに軍手投げつけてんのよ。髪の毛引きちぎるよ？

「ご、ごめんなさい……」

しかもこいつ、何故か頭下げながら謝ってるし。なら最初から投げんな。

憂花ちゃんはそう思いつつも、外面用の私で対応する。光助や私の友人達にならともかく、この女には上《うわ》っ面《つら》の憂花ちゃんで十分だった。

「檜原さん？　この行為には一体、何の意味があるのかな？」

「改めて、宣戦布告。夜宮くんは、あなたみたいな泥棒猫には渡さない、っていう……」

「…………」

泥棒猫はどっちだボケ。

そう思ったけど、それを言わずに我慢した憂花ちゃんはとっても偉い子だった。

「本当は手袋を投げつけようと思ってた。でも手袋って、意外と家になくて……だから軍手で代用した。……私の気持ち、受け取ってください」

「……ねえ、檜原さん。私いま、あなたから喧嘩売られてるのかな？」

「うん。さっきからそのつもりだけど、わからなかった？　手袋を投げるのって、西洋の風習で、決闘を申し込むって意味があるんだけど……花房《はなふさ》さんは知らなかったんだ？」

「…………」

ねえ、どっかに蹴りやすいゴミ箱とかない？　憂花ちゃん、いますぐゴミ箱を蹴ってストレスを逃がさないと、この女を蹴っちゃいそうなんだけど。

思いつつ、私は一つ深呼吸をする。……檜原さんに乗せられんな。なんかこいつ、光助が部室にいないからって、全力で私を煽《あお》ってきてるけど――でも憂花ちゃんには、彼女に煽られても余裕を持っていられる、確かな事実があるでしょ。

そう考え直し、私は少しだけ笑う。

さすがに素の憂花ちゃんを彼女に見せる訳にはいかないけど、ちょっとくらいなら反撃してもいいよね？　と自分に言い訳しつつ、私は口を開いた。

「夜宮くんのことで喧嘩を売られてるのはわかったよ。でもね、檜原さん……こんなことをしても、夜宮くんの気持ちは変わらないんじゃないかな？」

「………」

「結局、私達にとって大事なのは、夜宮くんに選んでもらえるかどうか、だから……私に改めて宣戦布告しても、しょうがないと思うよ？　……こんなことしてないで、檜原さんはもっと、夜宮くんが誰を好きなのか――それを考えた方がいいんじゃないかな？」

「……負けてるのは私だって、わかってる」

檜原さんはそう呟《つぶや》いて、悲しげに目を伏せる。そんな彼女の様子を、私が冷めたまなざしで見つめていたら――彼女はふいに顔を上げて、力強い瞳で私を見返してきた。

その目に宿っていたのは、決意。光助が好きな異性は憂花ちゃんだって何となく気づいているくせに、檜原さんは揺るぎない決意と共に、憂花ちゃんにこう告げた。

「――それでも私は、あなたに負けない」

「言葉として矛盾してない？　負けてるのをわかってて、それでも負けないって……」

「言葉が足りなかったかもしれない……より正確には、いまは負けてるかもしれないけど、いつかあなたに勝つから、それまで負けを認めないっていう――それだけ」

「………」

「夜宮くんの気持ちが花房さんの方に向いてることくらい、わかってる……私に向けられてないって、ちゃんとわかってる……でも、それをわかったうえで、私は諦めないことにした。花房さんに宣戦布告しようと思った」

「なんで、そうなるのよ……」

「花房さんはまだ知らない？　――この気持ちは、本物であればあるだけ、ままならないものだから。自分からは捨てられないし、自分では抑えられない。彼の気持ちがどこにあるのかも、全く考慮できない。好きになってもらえないから諦めよう――そんな風に簡単に捨てられる気持ちを、私は本物とは呼ばない。呼んでいいって思わない」

「…………」

「だから、私が夜宮くんに抱くこの気持ちが、本物なんだよ」

そう言い切って、恋に恋する女は幸せそうに、満面の笑みを浮かべる。

それを見た瞬間、憂花ちゃんは……割とマジな感じでイラついてしまった。

だってこの女はいま、光助に好かれていないことを自覚しながら、それでも好きだから諦めないと言った。――まるで、さも自分だけが恋や愛を知ってるみたいな、そんな言い方で。ふざけんなよ。そんなの、憂花ちゃんの気持ちの何十分の一だと思ってるわけ？

私だって知ってる。この気持ちがままならないものだってことくらい。

なのに、それを知ってる憂花ちゃんに、くだらねーご高説を垂れてんじゃねぇよ。

私がそうキレそうになっていると、なおも勘違い女は言葉を続けた。

「きっとこの気持ちだけは、あなたに負けてない」

「…………」

「だから私は、あなたに宣戦布告する。――私は負けない。夜宮くんがいつか、あなたじゃなくて私を選んでくれるその日まで、負けを認めない。……私が負けている間は、好きにしたらいい。夜宮くんと抱き合って、キスして、えっちなことをして、幸せに過ごしたらいい。……私はそれを、ちゃんと傷つきながら、悔しさでぼろぼろ泣きながら、それでも受け止める。受け止めきれるだけの思いがあるって、そう信じてる……」

「…………」

「あなたはどう？　花房さん。あなたが夜宮くんのことを、どういう理由で、どれだけ好きか知らないけど――彼が檜原由女《ゆめ》を好きになっても、好きであり続けられる？　あなたはただ、彼に好きになってもらえたから、彼が好きなだけじゃないの？」

「――――」

そう言われた、次の瞬間――。

私は思わず、憂花《ゆうか》ちゃんのそばにあった椅子を、思いっきり蹴り飛ばしていた。

がだんっ！　と音を立てながら、木造の椅子が横に倒れる。それを見た檜原さんは、呆《ぼう》然《ぜん》とした顔で「え……」と呟いた。どうやらまんさきのＵ－Ｋａ《ゆうか》らしからぬ行動に驚いているらしい。――私だって驚きだった。こんなこと、するつもりはなかったのに。

でも、もう限界。

確かに、『まんさきのＵ－Ｋａとしての私』しか知らない檜原さんにとって、私が夜宮《よみや》光助に本気になる理由は、見えてこないと思うし――だからこそ彼女はこんな舐《な》めた口が利《き》けるんだろうけど……いまの発言だけはマジで許さねーから。恋に落ちてからこれまで、憂花ちゃんがどれだけ、この感情に振り回されたと思ってんのよ。

こんだけ困らされて、こんだけムカついて、こんだけ殺したいのに――それでもこんなにも愛《いと》おしい感情が、あんたのちっぽけな思いに負けてる訳ないでしょ！

頭の中でそう叫んだのち、憂花ちゃんは檜原さんを睨《にら》みつける。

理性か何かが感情的になる私を押さえつけようとしてくるけど、知るもんか。私の大切なものを侮辱されて、それでも何も言い返さない憂花ちゃんを、私は許せなかった。

――自分の顔面に貼ってあった分厚い仮面を、乱暴に引き剝がす。

そうして素顔を晒《さら》した憂花ちゃんは、花房憂花として、彼女に言うのだった。

「憂花ちゃんのこの気持ちが、あんたみたいな、恋に酔ってるだけのアホ女に負ける訳ないじゃん。ふざけたこと言ってんなよ」

「え……」

「いい？　あんたのそれはね、夜宮くんをこんなに好きになれる私大好き！　って自己陶酔してるだけだから。光助の方に気持ちがないのに、いつまでもあいつに恋し続けないでくんない？　あいつに迷惑じゃん。……だいたい、何であんた、憂花ちゃんに喧嘩売ってるわけ？　それよりもあんたがすべきなのは、もっとちゃんと化粧するとか、部室の外でもあいつに会おうとするとか――光助に恋してもらう努力でしょ？　あんたこそ何もわかってないいんじゃないの？　そんな浅い考えで憂花ちゃんに手袋なんか投げんなばーか！」

「…………」

憂花ちゃんの言葉を受けて、ぽかんとした表情のまま、しばし停止する檜原さん。

そうして、十数秒ほどの時間が経《た》ったのち……彼女はふいに「くふふふっ」と笑い始めたかと思ったら、どこか楽しそうな顔になって、こう言った。

「花房さんって、実は性格悪いの？」

「うん、そうだよ。憂花ちゃん、普段はめちゃくちゃ猫被《かぶ》ってるの」

「ふふっ。そう……」

「でも、少し考えてみなよ檜原さん。こんだけ顔が可愛くて、こんなにプロポーションが抜群で、頭だって別に悪くない、それでいてとんでもなく歌が上手《うま》い女の子が――性格まで良《い》い訳ないと思わない？」

「……ようやく合点《がてん》がいった」

　私の素の性格を知り、そう言って微笑する檜原《ひのはら》さん。……くそっ、この女に憂花ちゃんの本性を見せる気なんてなかったのに。なんで憂花ちゃん、我慢できなかったかなあ……そんな風に秒で反省していると、檜原さんは何故《なぜ》か少しだけ微笑しながら、話を続けた。

「正直、夜宮くんの好きな相手が花房さんなのが、全然納得いってなかった……だって私が教室で見る花房さんは、嘘《うそ》みたいな聖人君子で――顔が可愛くてスタイルも良くて、おまけに芸能人だけど、人としてはなんかつまんない女って印象だったから」

「誰がつまんない女よ……」

「でも、なんだ……あなたって、こういう本性を隠し持ってたんだ。それなら、ちょっとだけ納得かな……夜宮くん、こういうおもしれー女なら好きそうだし」

「誰がおもしれー女よ！」

　私のそんなツッコミに、檜原さんは僅かに笑ったのち、ゆっくり頭を振る。それから、彼女は改めて私を睨みつけると――憂花ちゃんの言葉に反論するように、続けた。

「私は絶対に、恋に酔っ払ってるから、夜宮くんを好きでい続けられる訳じゃない。私の感情が、本物だから。彼に報いてもらえなくても、好きであり続けられるだけ」

「だからー。そう言えんのがもう、恋に酔っ払ってる証拠だっつってんでしょ。普通、自分の好きな男が憂花ちゃんを好きっぽいって察したら、あんたはその恋心を、他ならぬ光《こう》助《すけ》のために殺すべきなのよ。それができてない時点で、あんたは恋に恋してるだけの夢見がちな女でしかないの。いいから分を弁《わきま》えなって」

「分を弁えて何かいいことがあるの？　邪魔者がいなくなって、花房さんが得をするだけでしょ？　そんなのは嫌かな。……そもそも、繰り返しになるけど、あなたは恋に酔えるほどの恋をしているの？　私、あなたから夜宮くんに対する感情を、ちゃんと聞いてないんだけど……花房さんは本当に、夜宮くんのことが――」

「大好き。大好きに決まってるじゃん。憂花ちゃん、あいつのためなら大抵のことはできるくらい、大好きだよ」

「…………」

　私の言葉に、檜原さんは黙り込む。……本当、あいつの前じゃなかったら、こんなにも簡単に言えるのにね。どうでもいい女の前では、恥ずかしげもなく言えるのに。

「憂花ちゃん、一回考えたのよ。あいつを好きになって、この気持ちがどうしようもなくなっちゃって、じゃあ私ってあいつのことがどんだけ好きなんだろうって――一回、ちゃんと考えてみたの。……そしたら、好きすぎてマジで最悪、って結論になったんだよね」

「…………」

「正直、まんさきのボーカルとしてのお仕事がある憂花ちゃんは、恋愛感情なんか優先してらんないのよ。――それでも気が付けば、私の中心にあいつがいるの。レコーディングの時も『これが上手く歌えたら、あいつは褒めてくれるかな？』って思って。何か食べてる時も『これめっちゃ美味《おい》しいから、あいつと一緒に食べたかったのに』って思って。ベッドに一人で寝てる時も『あいつに添い寝してもらえるなら、お金なんかいくらでも払うのになあ』って思って――と、ともかく！　あいつがずっと、私の真ん中にいるのよ！」

「…………」

「出てってくんないの。……ほんとムカつく。憂花ちゃんはこれまで、憂花ちゃんのために生きてきたのに。いま私は、憂花ちゃんが幸せになるために、あいつと一緒に生きていきたいって、そう思ってるんだもん。……馬鹿でしょ、マジで。憂花ちゃんまだ高校一年生だよ？　なんでこの段階でもう、一生一緒に生きていきたい相手を見つけてんのよ。まだそいつとは、付き合ってもいないのに……たとえ付き合えたとしても、ずっとあいつのそばにいられるか、わかんないのに。それなのに――私は、光助を愛してる」

「――――」

「あり得ないってほんと……恋愛感情ってウザ過ぎでしょ。檜原さんもそう思わない？

これまでは自分の意思で自分の中の優先順位を組み立てられてたのに、好きな男ができたとたん、そいつが、どんっ、て私ん中の優先順位の一番上に勝手に躍り出てくんの、マジでイラつくんだけど……でもたぶん、これが恋ってやつなんだろうね……つかここまでくると、恋を超えて愛？　みたいな？」

「………」

「そんだけ腹立つのに、あいつと一緒にいられたら、それだけで嬉《うれ》しくて……ああ、こいつに会えてよかったなあ。こいつに出会えてない人生でも、憂花ちゃんは確実に幸せにはなってただろうけど、絶対こいつと一緒にいる私こそが、他のどんな憂花ちゃんより幸せだろうなあ——って思えるんだから、女ってほんと単純だよね……はぁあ……」

私はそこまで喋《しゃべ》ったのち……いや、いくらどうでもいい相手だからって、赤裸々に喋りすぎでしょ！　と思い直し、「ちっ」と舌打ちをする。それから、いまの憂花ちゃんの告白をどう受け取ったのか、檜原さんの様子を探ってみたら、彼女は——。

「……相手にとって、不足はない……」

何故かそんなカッコいい台詞《せりふ》を吐きながら、不敵な笑みを零《こぼ》していた。

一体なんなの、この女……憂花ちゃんがそう思っていると、彼女は勝ち気な笑みを浮かべたまま、言葉を続ける。私を睨むその目には未だ、青い炎が揺らめいていた。

「いまの話を聞いて、花房《はなふさ》さんにも強い恋愛感情があるのはわかった。でも、私は言うよ――私の方が夜宮くんのことが好き。たとえ、彼に選んでもらえなくとも……それでもこの恋を諦めない私の恋の方が、いずれ報われることがわかっているあなたの恋よりも、強度がある。だから私は、あなたに負けない」

「……ほんと、檜原さんって考えが浅くない？　そもそも恋愛感情って、勝ち負けじゃないでしょ。あいつをどれだけ好きか、ちゃんと愛してるかって話で、負ける負けないの話を憂花ちゃんにしてる時点で、もうあんたは負けてんのよ。はい、お疲れー」

「恋愛感情は勝ち負けじゃない――そんなのわかってるよ。でも私は、それをわかった上で、負けてるからこそ、花房さんに言わないといけない。――負けない。負けない。絶対に負けない。私は夜宮くんが好きだから、夜宮くんの感情を無視して、好きでい続ける。それで彼に迷惑をかけちゃったら、申し訳ないけど……でも、だとしても私は、『迷惑をかけてごめんね』って夜宮くんに言いながら、それでも『好きだよ』って言い続けるよ。私の恋心が砕けるか、夜宮くんが花房さんを捨てて振り向いてくれるか、勝負し続ける」

「…………ねえ。それ、憂花ちゃんとしてもクッソ迷惑なんだけど……」

「そう思ったから、それをする前に、こうして宣戦布告した」

「ああ、そう……あんたのこれは一応、あんたなりの気遣いだったんだ……勝ち目がないことをわかってて諦めないとか――あんた、光助のこと好きすぎじゃない？」

「あなたに言われたくない」

檜原さんはそんな言葉と共に、私を睨みつける。なので私ももちろん、負けじと彼女を睨み返した。

……ぶっちゃけ、勘弁して欲しかった。私はただ、あいつと二人でいたかっただけなのに……こんな無駄に強い恋心を持った女に付きまとわれるなんて、冗談じゃない。

でも、恋愛感情は勝ち負けじゃないけど……憂花《ゆうか》ちゃんだって、こいつに光助を渡す気はさらさらないから。あいつが誰のものかわからすために、私は口を開いた。

「光助は、憂花ちゃんのものだから――あんたになんか、指一本触らせないからね」

「楽しみにしてて、花房さん。そのうち夜宮くんの方から、私に触れてくれる日がくる」

……本当にイラつくこの女！　なんでこいつは憂花ちゃん相手に、こんなに堂々としてられんのよ！　私は憂花ちゃんだよ⁉　天才ボーカリスト、まんさきのＵ－Ｋａ！　学校中の人気者、花房憂花！　だっていうのに、この女は――ああああムカつく！

そんな風にブチギレ寸前までいってしまった私は、だから……私の中の攻撃的な部分が余計なことを口走るのを、止められなかった。

「あんたじゃあいつを振り向かせられないって、わかんないわけ？」

「…………」

「あんたの恋心が真っすぐなのはわかったよ。はいはい純真純真。綺麗《きれい》な恋心ですね。でもそれを受け取ってもらえるとか、本気で思ってんの？」

ああ、これはちょっと、よくない憂花ちゃんが出てるな……。

私はそう、心のどこかで自覚する。制御できない感情が、憂花ちゃんの体の中で暴れ回っていた。――いま私は何か、ちゃんとした意図があってそれを言ってる訳じゃない。ただこの女にムカついたから、彼女を傷つけるために暴言を吐いているだけだった。

「いい？　檜原さん。もう一回言うけど――光助は憂花ちゃんのことが好きなの」

「……知ってる。それでも――」

「あんたの感情はもういい。光助の感情を考えなって。……あいつに、二人の女を同時に好きになる甲斐性《かいしょう》や軽薄さがあると思う？　ないでしょ？　で、その一つしかない席には、もう憂花ちゃんが座ってる。――はい、じゃあここで問題です。その席に座りたい檜原さんは、これからどうすればいいでしょうか？」

「……それは、もちろん……負けないために――」

「ぶぶー時間切れ。正解は、しっぽ巻いて帰る、でしたー。――ねえ、あんま調子に乗んないでくんない？　憂花ちゃんはもう一生、あいつを手放さないから。だから、あんたにチャンスなんて永遠に来ないんだよ。それなのに、負けを認めないで頑張ります！　とか、ふざけんなって。あんたはその、下心を綺麗にラッピングして恋心に見せてるだけのそれを持って、さっさと家に――」

――ぱんっ。瞬間、乾いた音と共に、憂花ちゃんの頰に軽い痛みが走った。

驚き、左の頰を片手で押さえる。……私はいま確かに、いきなり一歩近づいてきたこの女に、頰をビンタされた。それは、綺麗な音が出た割には威力のないビンタで、だから跡なんか残らない筈《はず》だけど――私は怒りで顔を真っ赤にして、彼女の胸ぐらを摑《つか》んだ。

それを受け、「ぐっ……」と呻《うめ》く檜原。そんな彼女を睨《にら》みつけながら、私は叫んだ。

「てめえ……憂花ちゃんの顔にビンタなんかしていいと思ってんの⁉」

「ご、ごめんなさい……」

「謝るくらいなら最初からすんなし！」

「ご、ごめん、花房さん……で、でも、ムカついたので、つい……」

「ムカついたのでついいって何よ！」

「私の恋心を、馬鹿にしないで……」

「っ――」

言われて、私は先の発言を反芻《はんすう》する。……確かに、馬鹿にしていた。私と同じように、光助に純粋な気持ちを抱いている筈の彼女に、ただ傷つけたいがための言葉を投げた。

そこまで考えて私はようやく、自身の感情を正確に理解する。ああ、そっか――。

憂花ちゃんはいま、こいつに対して、ちょっとビビってるんだ。

自分に好意が向いていないと知りながら、それでも負けじと向かってくる彼女が、私は怖かった……だからこんな、悪いだけの言葉を吐いた。自分の性悪を理由に、ただの悪口を檜原《ひのはら》さんに吐いてしまったのだ。……くそ。憂花ちゃんはいつから、こんな弱い人間になったのよ？　これも全部、あいつのせいだ……全部全部、あいつがいけない。

あいつが憂花ちゃんを弱くしたのが、いけないいんだから……。

そんなことを思ったのち、憂花ちゃんは檜原さんの胸ぐらから手を放した。そして、怒った顔のまま彼女を睨みつけつつ、めっちゃ早口でこう言うのだった。

「どうもすいませんでした」

「……あの芸人さんの言い方……」

「え？　芸人さんって、何が？」

「う、ううん、何でもない……というか、花房さんって謝れるんだ……」

「あんた憂花ちゃんのことなんだと思ってんのよ。……つか、いまのは憂花ちゃんが悪かったと思ったから謝っただけで、ビンタしたことに関してはマジで許してないからね？」

「うん、それは構わない。だって私も、花房さんに言われた言葉を許してないので」

「謝ったんだから許せし」

「ごめんね、花房さん……でも私も、あんまり性格良くないから。いまだって、もう一発くらいこのムカつく女をビンタしたいな、って思ってるし……」

「ふふっ……性格までブスとか、あんた終わってない？」

「人前に出る時に、顔に厚化粧をしまくって、その醜い本性を隠してるブスよりはまし」

「「……ふふっ、ふふふふふふふふふ」」

お互いの顔を見つめ合いながら、女の子らしく可愛《かわい》く笑い合う、可愛い私達。……いまこの場に私の好きなあいつがいなくて良かったと、心底そう思った。

それから、檜原さんがふいに、こちらに向かって右手を差し出してきた。……必然、私はそれを訝《いぶか》し気な目で見つめる。しかし、そんな私に構うことなく、檜原さんは言った。

「本当は、嫌だけど——これから、末永くよろしくお願いします」

……今後、この女が憂花ちゃんと光助《こうすけ》の間に割って入ろうとしてくると思うと、マジでうんざりする——というか、本音を語ってしまえば、心底怖いと思った。

だって、彼女の思いはきっと、どうしようもなく本物だから。

憂花ちゃんのそれより全然小《ち》っちゃい、安っぽいイミテーションの上に立ってる、紛《まが》い物《もの》の恋心だけど……それを本物だと勘違いできるのなら、それは本物だから。

であれば私は、憂花ちゃんが大好きなあいつを、守るために――勘違い女を、彼に近づけさせないために。彼女と末永く付き合っていく覚悟を、決めるのだった。

憂花ちゃんはそこまで結論付けたのち、檜原さんが差し出している右手を、自身の右手で勢いよく叩《たた》いた――ぱぁん！　大きな音が部室に響く。そうして、憂花ちゃんは目の前にいる恋のライバルを睨みながら、こう告げるのだった。


「いつか絶対泣かすから」

「……私の方こそ。いつか、花房さんを泣かせられるよう頑張る」


上等。やれるもんならやってみろ。

ちなみに、このあと……檜原さんが急に、「今後、部室で夜宮《よみや》くんと二人っきりになれないのは嫌だから――何曜日は私で、何曜日は花房さん、みたいな感じで、部室に来る曜日を決めない？」と言ってきたので、憂花ちゃんはそれに同意。二人でその話し合いをし、死ぬほど揉《も》めたけど……それはまあ、いつか、語る機会があればということで。

エピローグ　推しを校舎裏に呼び出した。

夏休み明けの半日授業を終えて教室を飛び出した俺は、早足で駐輪場へと向かう。

下駄《げた》箱で外靴に履き替えたのち、駐輪場に到着。普段使いしている黒のママチャリに跨《また》がると、自転車のペダルを漕《こ》ぎ、そのまま学校を出た。花房が文芸部の部室を訪れるようになって以降、放課後は必ず部活に出ていた俺は、今日だけは部室には赴かずに、大宮駅へとチャリを走らせる。途中、『弱虫ペダル』に出てくる田所《たどころ》先輩になりきって、「こいつが総北名物、肉弾列車だ‼」と叫びながら爆走したけど、列車なのに後ろに誰もいない寂しさが凄《すご》かったのですぐやめた。ぼっちは好きな漫画の真似《まね》もできねえのかよ。

大宮駅近くの駐輪場に自転車を停《と》め、そこから少し歩く。目指したのは無骨な黄色い看板を掲げるラーメン屋で――平日の昼間から人が並んでいる事実に驚きつつ、俺はその最後尾に並んだ。本当、いつ来ても行列ができてるよなここ……やっぱ人の心をガッチリ摑むような何かが、この店にはあるんかね？

それから時間は経過し、十数分後。行列と共に店内に入った俺は、券売機で食券を購入する。この店の大はマジで大らしいので、ラーメンの小を発券。店内にもまだ待機列があったので、待機用の椅子に腰かけた。そうしてまたちょっと待っていると、ようやく「一名様どうぞー」の声が俺にかかる。時は来た、それだけだ……。

空いたカウンター席に座り、店員さんの前に食券を置く。「麺量はどうしますか?」と聞かれたので、俺は「す、少なめですね」と答えた。……「少なめですね」ってなんだよ。緊張して日本語おかしくなってんじゃねえか。そんな風に落ち着かない気分でラーメンの完成を待っていたら、数分後。ついに店員さんがあの言葉を口にした。

「ニンニク入れますか?」

で、出た! 噂《うわさ》に聞いてた台詞《せりふ》だ!

ただ、ここで急に早口になって、「ニンニクマシマシヤサイマシアブラカラメオオメ」とかドヤ顔で注文してはいけない。別にこの呪文は、唱えなければ美味《おい》しいラーメンが食べられない訳ではなく、むしろ初心者がイキってこれを唱えるとウザがられるまであるってネットのみんなが言ってた! ネットのみんなのいうことはぜんぶただしいので、じょうじゃくなぼくはみんなのいうことにしたがうね!

「に、ニンニク少なめ、野菜少なめでお願いします……」

「あいよー」

そうして、この店の関門とされる『トッピングの注文』を無事乗り切った俺は、安堵《あんど》から一つ息を吐く。――花京院《かきょういん》！　イギー！　アヴドゥル！　終わったよ……いやまだ一口もラーメン食ってねえのに何を終わった気になってんだ俺は。

思っていたら、店員さんが俺の目の前に、どん、と大きな丼を置いてくれた。それを受け、慌てて割り箸を手に取る俺。両手を合わせて「いただきます」と口にしたのち、割り箸を割った俺は早速、美味しそうなそれに箸を入れる。

もやしとキャベツがこんもり盛られた、迫力のあるラーメン。端には豚の油がアイスクリームのように置かれており、厚切りのチャーシューも二枚、どかっと脇に添えられている。とりあえず、野菜に味を付けるために、あの奥義《おうぎ》を繰り出しておくか――。

いっけえええええ！　秘技、天地返し！

説明しよう！　天地返しとは、野菜が上、麺が下の状態のラーメンに箸を入れ、その上下を逆転させるように麺をひっくり返す、ラーメン通であれば誰もが習得しているテクニックなのであ――最悪。スープの汁が制服に跳ねやがった。お母さんになんて言おう。

不器用すぎる自分に若干テンションを下げつつも、ひとまず天地返しは成功。そして俺はついに、もやしと極太麺を箸で掴み、それらを口に運んだ――瞬間、強烈な旨味《うまみ》に舌が痺《しび》れる。濃厚スープに絡《から》んだ太麺が、力強い塩味《えんみ》で俺をぶん殴ってきた。しかし、そんな濃過ぎる味を上手《うま》く中和してくれるのが、もやしやキャベツといった野菜群で。麺だけだと味が濃すぎて美味しいと感じる感覚が麻痺《まひ》しかねないけど、その旨みのバランスを味の薄い野菜が取ってくれていた。野菜と極太麺と濃厚スープが美しい三重奏を奏《かな》でる。俺ははふはふ言いながらもう一口、もう一口と食べ進めていき——あああ美味《うま》い！　つか味濃い！　こんなに美味くて味濃いもの食べてたら舌がバカになりゅううううぅぅぅ！

それから時間は経過して、十数分後……お腹《なか》をパンパンに膨らませながらも、ラーメンの小をなんとか食べ切った俺は、ごちそうさまでごわす、と心の中で呟《つぶや》いたのち、静かに両手を合わせた。紙ナプキンでテーブルをさっと拭き、すぐさま席を立つ。店の外に出ると、九月に入っても未《いま》だ暑さの残る日差しが、俺に降り注いだ。

満腹感と達成感を得て、一つ息を吐く。そうしながら俺は、小さく呟いた。

「……『ラーメンG太郎』を食べられた程度のことで、ちょっと成長した気になってる男なんて、俺くらいなもんだろうな……」

でも、そんな勘違いこそが、俺みたいな男には大事だった。

『いまの行動を見て、あんたの性格がよーくわかった。——夜宮くんって、絶対自分から好きな女の子に告白とかできないタイプでしょ？』

花房《はなふさ》は以前、ビビってラーメンG太郎に並べなかった俺を見て、そう言った。

正直、ラーメンG太郎に入るのと、好きな女の子に告白するのとでは、必要になる勇気の量が全然違うけど……それでも。あの日できなかったことを、今日の俺はやり遂げた。

それがどんなに些細《ささい》な変化でも、俺は確かに成長したんだ。

だからきっと、この思いだってもうすぐ、彼女に伝えられる。

ちゃんと伝えなきゃいけないと、俺はそう思っていた。

「…………ま、まあ、今日はとりあえず、このまま家に直帰しますけど？　これから文芸部の部室に行ったりとかは、しませんけどね？」

俺はそんな言い訳を零《こぼ》しつつ、何の気なしに空を見上げる。

未だ夏の日差しは色濃くとも、蝉《せみ》の鳴き声は徐々に消え去り。俺みたいな学生が、私服から制服に姿を変えた、九月の初旬──。

もうすぐ、夏も終わりだった。

◆◆◆

翌日。半日だけの授業を終えた俺が文芸部の部室に行くと、そこには檜原がいた。

「こ、こんにちは！」

「……お、おう。こんにちは」

檜原の元気な挨拶に、渋い挨拶を返す俺。

というか、いま部室には檜原《ひのはら》しかいないっぽいけど、花房はどうしたんだろうか……一応、彼女には俺から話したいことがあったんだけど……。

そう思いつつ、俺はいつも通り、パソコンの前の席に座る。隣を見やれば、ヘアピンで前髪を上げた檜原が、何故《なぜ》か「えへへ」と照れ笑いをしながら、そこに座っていた。

「………」

俺はそれに何の反応もできず、学生カバンから取り出したスマホを弄《いじ》る。

そうして、お互いに無言のまま、十数分後……ふいに、俺の制服の袖を摑《つか》んだ檜原が、それをちょんちょん、と二回ほど引きながら、こう言った。

「気まずくならないでください」

「……日本語合ってんのそれ？　何か英語の教科書の謎和訳みたいになってってけど」

「英語の教科書って、たまに面白い文章出てくるよね……この間、『ジョージはどこにいますか？』『ジョージはトムの後ろに立っています』って和訳をした時、ジョージはトムに何する気なの？　って思った」

「ほんとにな。ジョージの手にナイフ的なものがないのを願うばかりだよな」

「そういう訳だから……気まずくならないでください、ジョージ」

「誰がジョージだよ。トムの背後に立ってやろうか」

俺がそうツッコむと、檜原は俺にフラれたことなどなかったかのように、楽しそうな顔でくすくす笑った。……それが彼女なりの空元気なのではないかと、つい不安になっていたら――そんな俺の視線を受け、彼女は苦笑交じりの微笑と共に言った。

「私よりも夜宮くんの方が、気まずそうな顔してる」

「すまん……」

「……正直な話。私も、無理をしてないって言ったら、嘘《うそ》になる」

「…………」

その発言につい沈黙してしまう俺。……たぶん、俺のこういう態度もよくないんだろうな、なんて思っていたら、檜原は俺を安心させるように笑みを浮かべつつ、続けた。

「でも、平気だよ。……この感情もいつか、平気になる」

「檜原さん……」

「だから、それまで。……私が夜宮くんに対してまた、自然に振る舞えるようになるまでは、ぎこちない私を許して欲しい。――いつか、私のこんな気持ちが落ち着いたら、その時は。その時こそ私達は、普通の友達になれると、そう思うから……」

「……ああ、わかった。じゃあ俺も、あんま意識しないようにするわ……」

「ふふっ、ありがとう。元私の好きな人」

照れたようにはにかみつつ、檜原はそう言った。……あの、普通の友達になりたいと言うのなら、かつて俺に好意を抱いていたことについても、あんまり言って欲しくないんだけど……それを望むのは、俺のわがままになっちゃうんですかね？

そんなことを思っていたら、いきなり「あ、そうだ」と呟いた檜原が、椅子をずらして俺から遠ざかったのち、ちょいちょい、と俺を手招きする。なので俺も彼女のいる方に椅子をずらし、パソコンの前から移動すると……檜原は学生カバンから風呂敷《ふろしき》に包まれた何かを取り出し、それを俺の目の前のテーブルに置いた。

その物体を見て、首を傾《かし》げる俺。そしたら彼女が、両手でどうぞどうぞ、とジェスチャーしてきたので、俺は若干訝《いぶか》しみつつも、風呂敷の包みを開く——すると、そこから現れたのは、紺色のゴツいお弁当箱だった。

「お友達になった記念に、お弁当を作ってきました」

「お友達になった記念に、お弁当……？」

……これがオタクっぽい思考回路なのは自覚してるけど、ラノベやギャルゲにおける『女の子がお弁当を用意してくれるイベント』って、もうこいつ絶対に俺（主人公）のこと好きじゃん！　なんだよもー、お前ほんと俺（主人公）のこと好きな？　ってなる行為なんだけど……。

そう思った俺はだから、わかりやすく図に乗った質問を、彼女にしてしまった。

「あの、檜原さん？　一つ聞きたいんだけど――檜原さんってもう、俺に対して、こ、恋心、とか？　そういうのは抱いてないんだよな？」

「ウン。イダイテナイヨ」

「何で急にミクさんみたいな喋《しゃべ》り方になったのお前……」

「ハツネミクダヨ」

「いやいいから。モノマネとかしなくていいから。ちょっと似てんのが絶妙にイラッとするからやめてくんねえ？」

俺の初恋の女のモノマネをする女友達に、俺はそう苦言を呈する。……え？　オタクってみんな、最初は初音《はつね》ミクにガチ恋するところから、オタクとしてのキャリアをスタートさせるんじゃないの？　これって俺だけ？

俺がそう考えていると、それで話を打ち切った檜原は、学生カバンから青色の箸を取り出し、「はい」と俺に手渡してくれる。それを受け取った俺は、お礼の言葉を口にした。

「ん、ありがとな……つか、割り箸とかじゃないちゃんとした箸を使わせてもらうの、なんか申し訳ないんだけど……これ、お前の兄弟やお父さんの箸なのか？」

「ううん。私に兄弟はいないし、お父さんのお箸でもないよ。――これは、夜宮《よみや》くん専用のお箸」

「え……お、俺用の箸……？　普通こういうのって、そこまでは用意しないのでは？」

「ちなみに、このお弁当箱もこの風呂敷も、夜宮くん用のやつだよ。昨日、大宮駅近くの東急ハンズで一式、お母さんと一緒に買ってきました」

「……もしかして俺って、実は檜原さんの義弟だったりする？　至れり尽くせり過ぎて、そんくらいの理由でもないと納得できねえんだけど……」

「心置きなく、いっぱい食べてね？」

「何でだろうな……俺いま、弁当を食う前からちょっと胃がもたれてるわ……」

檜原の手前、ちょっと遠回しな言葉を使ったけど、本音を言えば愛が重かった。わざわざ俺用のお弁当箱とお箸を勝手に購入するなよ……いや、ありがたいけど。ありがた過ぎてその厚意（↑誤字ってないです）を受け止めきれねえよ……。

俺は思いつつ、「開けてもいいか？」と檜原に尋ねる。すると彼女は、「むしろ、開けてくれなかったら泣きます」とくすくす笑いながら言った。……そのやり取りについ温かいものを感じてしまいつつ、俺は弁当箱の蓋をかぱっと開けた。

そこに詰め込まれていたのは、ふりかけのかかったご飯と、男子が好きそうな茶色いおかず達——檜原が作ってくれたのはそんな、男の子のツボをわかってるお弁当だった。

夏休み明けのため、今日の授業も二時間のみで、だから現在時刻は十一時半。

一応、俺も自分の昼食用に、コンビニパンは用意していた。だけど、もちろん檜原の弁当の方が食べたかった俺は、早速これを頂くために、手を合わせようとしたけど――そこで、小さな疑問を抱いてしまった。

……俺には既に好きな子がいるのに、彼女に黙って、檜原の弁当を食べていいのか？

そう考えると、いただきますを言う予定だった俺の口が止まる。……それに気づき、不安そうな顔をする檜原。彼女は子犬のように潤んだ瞳で俺を見つめながら、こう言った。

「私の作ったお弁当なんか、食べられない……？　……もしそうなら、私はこれから、夜宮くんのために作ったお弁当を、泣きながら食べる作業に入るけど……自分用のお弁当も食べなきゃいけないから、お腹ちぎれちゃうかもしれない……」

「いただきます！」

内心では花房に対する「ごめんなさい」も同時に呟きつつ、俺は弁当に箸を向ける。

まずは唐揚げを一口――美味い！　てっきり冷凍のやつかと思ってたけど、全然違う。ちゃんとご家庭で揚げた唐揚げだ！　……そんな手間暇かけてくれてんのこれ⁉

俺がそう驚いていると、檜原が心配そうな顔でこちらを見てきたので、俺は答えた。

「……美味いよ」

「やった！　夜宮くんの胃袋を掴んだ！」

「お、男友達の胃袋を掴んでどうすんだって話ではありますけどね……？　でも檜原さんって、意外と料理上手なんだな？　俺なんか全然できねぇから、普通に感心するわ」

「うん。いつでもお嫁に行く準備はできてるよ」

「…………」

「いつでもお嫁に行く準備はできてるよ」

「何で二回言ったんだお前。俺がコメントに困ってるの、わかってただろ……」

「う、うん……ちょっとだけ、意地悪した……えへへ……」

檜原はそう言って、照れたようにはにかむ。……やめろ。あんま可愛《かわい》らしい顔すんな。男は馬鹿だから、そういう顔をされたら、お前をフったことを後悔しちゃうだろ。

俺はそんなことを考えつつ、檜原の作ってくれた弁当をパクつく。

……正直、檜原との関係が今後どうなっていくのか、いまの俺には想像もつかない。

もちろん俺としては、一緒にいて落ち着ける彼女と、これからも友人関係でいられるのなら、それは喜ばしいことなんだけど——俺が勝手にフッてしまった、彼女の方は。これからも俺と関係がある状態が続いて、しんどくはないのだろうか？

もし彼女の中に、『自分をフッた男と友人関係を続ける』理由がちゃんとあるなら、それは安心だけど……実際に、それがあるのかどうか。あるとして、その理由を俺が知れる日は来るのか。女心を理解するのが苦手な俺には、わかる筈《はず》がなかった。

……もしかしたら、俺がその理由を知る日は、永遠に来ないのかもしれない。

だって彼女は、それを隠し通せるだけの強さを、持ち合わせている子だから――。

『あ、あの、えっと……わ、私、夜宮くんのことが――好き、だよ！』

俺にも、花房《はなふさ》にもできていないことを唯一やり遂げられた、彼女だから。

実は根っこの部分がとてつもなく強い檜原さんはこれからも、俺に本心を見せることなく、強がりじゃない強さ一つを携えて、俺と付き合っていってくれるのかもな……。

「……ありがとう、檜原さん」

「ふふっ。そんなに美味《おい》しい？　どういたしまして」

弁当を作ってくれたことに対する感謝だと勘違いした檜原は、微笑と共にそう言った。

だから俺はすぐにそれを訂正しようとしたけど……やっぱりやめた。別に、彼女に伝わらなくてもいい。いまの俺の発言はそれこそ、ただのエゴだったしな。

でも、だからこそ、それは本心から出た言葉だった――ありがとう。

こんな俺を好きになってくれて。

こんな俺と、いまでも一緒にいてくれて。

ただ、そう思えばそう思うだけ、俺に好意を渡してくれた彼女に報いられないのが、本当に申し訳ないけど……それでも、彼女と友達になれたこと――この関係を手放さずにいられることが、自分勝手だと自覚しつつも、俺はどうしようもなく嬉《うれ》しかった。

そうして、檜原《ひのはら》に対する感謝の気持ちを内心で重ねた俺は、そのうえで……彼女が俺の為《ため》に用意してくれた弁当に関して、ちょっとだけツッコみたいところもあったので――ハンバーグを箸で持ち上げつつ、檜原に尋ねるのだった。

「……あの、檜原さん？　俺の弁当に入ってるこのハンバーグ、がっつりハートの形してるんですけど……これは、一体……？」

「気にしないで。ただの記号だから」

「ただの記号でも、ラインの返信や弁当箱にハートマークを入れられたら、男は勘違いしちゃうんだよなあ……」

俺のそんなボヤキを受け、楽しげに「ふふっ」と笑う檜原。

それから彼女は、ほのかに頬を赤らめると、どこか悪戯《いたずら》っぽく微笑したのち、自身の顔を俺の左耳に近づけてくる……「ひ、檜原さん⁉」それに俺が戸惑っていたら、俺の耳に触れそうな距離まで唇を近づけた檜原は、ぽしょぽしょと。内緒話を囁《ささや》くように、こう言うのだった――。

「か、勘違いしても、いいよ?」

◆◆◆

檜原に貰《もら》った弁当を食べた、翌日。

若干喉の調子が悪い気がした俺は、学生カバンからのど飴《あめ》を取り出すと、それを一個口に放り込む。そののち、教室の真ん中にいる——花房、姫崎《ひめさき》、星縫《ほしぬい》の三人が形成する陽キャグループを、遠巻きに見つめた。

「んんっ……んんっ……」

夏休み明けの短縮授業が終わり、ついに通常授業が始まった日の、昼休み。

先程からちらちら花房のグループを観察していた俺は、彼女達がご飯を食べ終えたと思《おぼ》しきタイミングで席を立つ。……高鳴る鼓動がやけにうるさい。それでも一歩、また一歩と、教室ではまんさきのU-Ka《ゆうか》を演じている彼女のもとへと、俺は歩き始めた。

もう一人の俺が、心の中で未だ、叫び続けている。

お前は彼女の推しだった筈だろ。だっていうのにどうして、こんなおこがましいことができるんだよ。自身の立場を弁《わきま》えず、こういうことをする人間をこそ、お前は嫌ってたんじゃないのか? ふざけんな。お前はファンとして、オタクとして失格だ——。

わかってる。そんなこと、俺が一番わかってるんだよ。

でも、それをわかった上で俺は、そうすることを決めたんだ。

がやがやという喧騒《けんそう》に満ちた、昼休みの教室。川の流れに逆らって泳ぐ鮭《さけ》のような気持ちで机と机の間を歩いていると、友達と二人でお昼を食べていた檜原が、こちらを見つめているのに気がついた。

「………」

どこか不機嫌そうな表情と共に、俺にジト目を向ける檜原。……それに気づかないフリをしながら歩き続けた俺はそうして、花房のもとへと辿《たど》り着いた。

「つかさ、夏休みの宿題って――ん？　なんだよ？」

自分達のそばに寄ってきた俺を見て、姫崎がそう尋ねてくる。

姫崎が怪訝《けげん》そうな顔で、星縫が不思議そうな顔で俺を見やる中、花房は――わかりやすく驚いたような顔で、俺を見つめていた。

それを受けて俺は、再度「んんっ」と喉を鳴らしたのち、絞り出すように口にした。

「え、えっと……花房さんに、よ、用があるんだけ、ど……」

「私？　なにかな？」

「……少し、ついて来てもらってもいいか？」

「うん、いいよ！　――じゃ、ちょっと行ってくるね！」

姫崎達にそう断りを入れ、花房は席から立ち上がる。それを確認した俺はすぐさま踵《きびす》を返し、教室後方の扉へと早足で歩きだした。

そうしているうちに、周囲から飛んでくる好奇の視線に気づく。おい、いつもは存在感のない陰キャが、花房さんを連れ出したぞ。何してんだあいつ――そういう視線。そこにあるのは悪意じゃない。あの二人、なんか不釣り合いじゃね？　という疑問だけだ。

たぶんそれは、俺がこれからずっと戦い続けなきゃいけない、周りの目だった。

そんな視線から逃げるように、俺は教室を出る。そうして廊下を歩いていたら、後ろからたたたっ、と。小走りで彼女が駆け寄ってきた。

そのまま俺の隣に並び立った花房は、いきなり俺の肩に、どんっ、と自分の肩をぶつけてくる。……おい。夏祭りの時にもやってたけど、そのスキンシップやめろって……俺がそう思っていると、彼女は嬉しそうな顔でこう言った。

「やるじゃん」

「……あ、あざす……」

「確か、夏休みに入る前――いつか絶対、教室で憂花《ゆうか》ちゃんに話しかけてね、って約束したの、覚えててくれたんだ？　……えー？　憂花ちゃんとした約束を果たすために、ちゃんと頑張ってくれるとか、なんか光助《こうすけ》らしくないんだけど」

「勇気を振り絞って約束を果たしたのに、酷《ひど》い言われようだぜ……」

「でもまあ、教室にいる憂花ちゃんを呼び出せはしたけど、会話自体は全然できなかったから――明日はちゃんと会話もして、憂花ちゃんを満足させられるよう、頑張ってね！」

「お前はほんと、俺を褒めて伸ばさないよな……俺は褒められて伸びるタイプなのに！　よく頑張ったね、って言われて、次も頑張れるタイプなのに……！」

「ほら、憂花ちゃんあれだから。可愛い子は谷に落とせ、が座右の銘だから」

「それじゃあただの激ヤバ女じゃねえか」

たぶん『獅子《しし》は我が子を谷に落とす』と、『可愛い子には旅をさせよ』がごっちゃになって生まれた迷言だった。可愛い子こそ谷に落とすなよ。――俺が内心でそうツッコミを重ねていると、花房は楽しげに「ふふっ」と笑ったのち、弾むような声音で続けた。

「というか、憂花ちゃん達っていま、どこに向かってんの？　文芸部の部室？」

「いや……いま向かってるのは、その……校舎裏だ」

「校舎裏？　なんで？　昼休みに憂花ちゃんとダベりたいだけなら、部室でよくない？」

「………」

「何で黙ってんのよ。……つかあんた、いつもより憂花ちゃんに対する態度がぎこちなくない？　どうしたの？」

「いえ、ぎこちなくないです」

「いやもう、そのキレのない返しが既にぎこちないんだけど……」

何なのこいつ、みたいな目で俺を見やる花房。……たぶん、花房がそう感じる原因は二つあって、一つは——俺が花房を好きだと、自覚してしまったから。

そしてもう一つは、これから自分がやろうとしていることに対して、どうしようもなく緊張してしまっているせいだった。

俺がそんなことを考えつつ、花房と共に階段を降りていると……俺の頬をじっと見つめていた花房がふいに、可愛らしく小首を傾《かし》げながら、こう尋ねてきた。

「つか、さっきから気になってたんだけど、あんた飴舐《な》めてない？」

「あ、ああ……大事なことを言う前に、喉の調子を整えておきたくてな……」

「大事なこと？」

「……間違えた。ただ単に俺はいま、喉が痛いからのど飴を舐めてるだけだ」

「ふうん？　どんなやつ？」

「どんなやつって、普通のやつだけど……」

「ちょっと舌べってして、見せてみてよ」

花房がそう言うので、階段の踊り場で一度立ち止まった俺は、んべっと舌を出した。花房に舌を見せるの、なんか恥ずかしいな……とか思っていたら、彼女は突然、俺の口に向かって右手を伸ばすと——そのまま、俺の舌の上にのっていた飴玉を摘《つ》まみ取った⁉

それから、飴玉を摘まんだ手を頭上に掲げつつ、花房はこう言うのだった。

「のど飴、ゲットだぜ！」

「なななななな何でこいつ、俺が舐めてた飴玉を手で直接取り上げてんの⁉ 人ってどういう感情になったらこんなことをするんだよ⁉」

「……つか、よだれが凄《すご》くてキモいんだけど……」

「勝手に他人の飴玉をパクッといて、酷い言い草だなおい！ ……と、というか、花房さん？ お前は手に持ったそれを、一体どうするつもりなんだよ……？」

「…………」

俺の当然の疑問に、花房はじっと、人差し指と親指で摘まんだのど飴を見やる。

それを見つめながら、幾度か口をパクパクさせたのち——熟れた林檎《りんご》くらい頬を真っ赤にした彼女は、俺に「手、出して」と言ってきた。なので俺が手のひらを上にして、片手を差し出すと……その上に、ぽとっ、と飴玉を落としながら、花房はこう言うのだった。

「はい。返すね」

「何がしたかったのお前マジで」

「べ、別にー？　憂花ちゃんはただ、光助からのど飴を取り上げたかっただけで、それ以上の目的なんてないけど？　は？　あ？」

「…………」

「だ、だいたい、憂花ちゃんがあんたの舐めてた飴を取り上げて、それをいきなり舐め始めたら、そんなのキモ過ぎでしょ……だから、憂花ちゃんはそんなことをする目的があって、あんたの口から飴玉を取り上げた訳じゃないからね？　勘違いしたらぶっ殺すよ？」

「お前こそ、俺が何も言ってないのに、一人で言い訳して一人でキレないでくんない？」

俺はそうツッコみつつ、照れ隠しっぽい感じで俺の肩をいつもより強めに殴る花房《はなふさ》を見つめる。……舐める気があろうがなかろうが、他人の口から飴玉を取り上げるという彼女の行動は、マジで意味不明だった。女心ムズい、とかそういう話ではなく、花房憂花という個人を理解するのがムズ過ぎだろ……。

そうして俺は、彼女に返された飴玉をティッシュにくるんで捨てたのち——花房と二人、目的地であった校舎裏へと辿り着いた。

未だ凹《へこ》みがある屋外用ゴミ箱を見て懐《なつ》かしい気持ちになったあと、俺は改めて花房に向き直る。らしくない真剣な表情で彼女を見つめながら、俺は口を開いた。

「は、花房憂花さん！　いいいいい言いたいことがあるんですけど！　いいですか⁉」

「え……？」

緊張からつっかえまくる俺に、何かを感じ取ったのか……花房は驚いたように目を瞬《しばたた》かせながら、俺を見つめる。そして、どこか夢見心地といった様子で言葉を紡《つむ》いだ。

「あんた、まさか……い、いやでも、あんただもんね？　私をまんさきのU－Kaとして推してるからこそ、憂花ちゃんのことをちゃんと見てくれなかった、あんたに……期待なんて、するだけ無駄で……でも……なんであんた、そんな顔してんの……？」

「…………」

「期待して、いいわけ？　……本当に、言ってくれんの……？」

俺の表情を見ただけで何かを察し、少し涙目になる花房。……ちょっとだけ気が早い女の子だった。

でもきっと、期待には応えられる。

俺はこれまでずっと、彼女の期待に応えてこなかった……むしろ、あえてそれを無視してきたけど、俺はこの段階になってようやく、彼女の期待に応えられるのだ。

——本当は、花房が俺に好意を抱いてくれてるって、わかってた。

いつ頃から好きだったのかも、たぶんわかってる……わかった上で、無視をしてた。それは、彼女に好かれていると自覚してしまったら、俺が必死になって目を逸《そ》らし続けていた感情に、気づかされてしまいそうだったから——。

……本音を言わせてもらえれば、今でも俺は、これを最良の形だとは思っていない。

だって恋愛感情なんて、下心を見栄《みば》えの良《い》い言葉に言い換えただけの、性欲でしかないし——だから俺は、ただ純粋に『推しを推しとして推せていたあの時の感情』こそが、性的欲求などの混ぜ物がない、一番美しい感情だと、未《いま》だに信じていた。

そこまでわかっているのに、それでも……俺は花房に、恋をしてしまった。

推しを推したい感情を、花房に恋したから、自分の手で殺してしまったのだ。

それはきっと、まんさきのＵ－Ｋａ《ゆうか》のいちファンだった筈《はず》の俺が、花房憂花に敗北したという、これ以上ない証明で——だけど、そうやって彼女に負けた俺がいま、あまり悔しい気持ちを抱けていないのが、どうにも悔しかった。

「そ、それじゃあ、言いたいことがあるんだけど、いいか……？」

「う、うん……なに？」

俺と彼女の間にあった距離を埋めてくれたのは、いつだって彼女だった。

話しかけてくれたのは彼女で、押しかけてくれたのも彼女。

連絡先を知ろうとしてくれたのも彼女で、連絡をくれたのも彼女。

外に連れ出してくれたのも彼女だし、外で待っていてくれたのも彼女で——思いをちゃんと言葉にしてくれたのも、やっぱり彼女だ。

俺はずっと、花房さんに甘え続けてきた。彼女が俺と一緒にいる努力をしてきてくれたから、俺は花房と一緒にいられたんだ。

でももう、デモ音源の約束はない。これからはちゃんと、お互いが一緒にいる努力をして、一緒にいないといけない。だから——。


いい加減、俺の方からも一歩、彼女に向かって踏み出さないといけなかった。


俺はそこまで考えたのち、改めて口を開く。……ただ、言葉にしづらい思いを声にする勇気はまだちょっと出なくて、だから俺はつい、おどけた口調でこう言うのだった。

「花房さん！　言いたいことがあるんだけど、ちょっといいですか⁉」

「……いや、憂花ちゃんさっきから、何度もうんって言ってんだけど？　あんた鼓膜どうなってんの？」

「い、言いたいことがあるんだけど、どうすっかなー……」

「ああああもう！　言いたいことがあんならさっさと言えし！　憂花ちゃん、いま結構ドキドキしてんだよ⁉　なのにあんたがいつまでもうじうじもじもじしてるから、このまま じゃ憂花《ゆうか》ちゃんの心臓、はち切れちゃうんだけど⁉」

「奇遇だな花房さん。俺もいまめっちゃ心臓がドキドキしてるわ。イェーイ！」

「イェーイ！　――って馬鹿でしょあんた⁉　憂花ちゃんいま、こんなノリがしたい訳じゃないから！　いいからさっさとあんたは、言いたいことを憂花ちゃんに言えし！」

「……もうそろそろ昼休みも終わるし、今日はここまでにしとくか！」

「そろそろふざけんのをやめないと、憂花ちゃん、あんたの顔面にグー入れるけど……それでもいいのねおい！」

花房はそう言いつつ、俺の右肩を強めにパンチしてくる。いつものじゃれるようなそれではなく、ちゃんと腰の入ったガチパンチだった。痛い。すっげえ痛い。

彼女から本気の抗議を受け、俺は一つ深呼吸をする。……それから、改めて花房に向き直ると、真剣な面持ちで続けた。

「すまん、花房さん……ちょっとふざけることで、気を落ち着けたくてな……」

「こんな場面でふざけるとか、ふざけんなよ」

「ほんとごめんなさい……でも、覚悟はできたから。――拙い感じになっちゃうと思うけど、その……受け取ってくれるか？」

「……うん。ずっと待ってたんだから、受け取るに決まってるじゃん。むしろ、憂花ちゃんが初めて応えてあげるんだから、あんたこそ——拙くても、キモくても、ダサくてもいいから、中途半端《ちゅうとはんぱ》な思いでは言わないでよ？」

「ああ。そこに関しては、たぶん大丈夫だ……」

「そ、そっか。なら、いいけど……」

花房はそう言って、赤らんだ顔をそっと逸らした。

俺はそれを努めて気にしないようにしつつ、彼女の瞳を見つめる。そうして、大切なことを口にする覚悟が、自分の中でようやく決まった、その瞬間——頬を朱色に染めた花房が、慌てたようにこう言った。

「つか言っとくけど！　憂花ちゃんの方が絶対、思いに関しては負けてないから！　あんたがどんだけマジになってそれを言ってくれるとしても、憂花ちゃんの方が、その……こ、光助《こうすけ》のことが……す、好き、だから……そこだけは勘違いしないでよね！」

「——————」

瞬間、俺は思わず絶句する。

……い、いや、俺がいまから言う予定の言葉を、俺よりも先に言わないでくれません？

えええええ……何でこいつ、こんな大事な言葉を、こんなタイミングで言っちゃうんだよ……もしかして、花房ってすげえアホなの？

内心でそう思った俺が、でも言われたこと自体は嬉《うれ》しかったので、ついにやけてしまっていたら……そんな俺を見て花房も、「ふふっ」と楽しそうに笑った。

「お、お前、マジでお前……」

「しょうがないじゃん。つい口に出ちゃったんだから。憂花ちゃんは悪くないもん」

そんな会話を交わしつつ、俺達は声を出して笑い合う。「お前、ほんと……くふふっ」

「あはははっ！」言葉にできない感情がこの胸に去来した。嬉しい、楽しい、幸せ――そのどれもに近くて、そのどれとも違う感情。ずっとこうしていたい、ただ俺はそう思った。

そうして、ひとしきり二人で笑い合ったあと、花房は涙目を擦《こす》りながら俺に言う。彼女らしいどこかからかうような笑顔が、この目に眩《まぶ》しかった。

「それじゃあ、さっさと言ってくんない？」

「ああ、わかった……」

結局のところ、これは新たなスタートにすぎない。

むしろ、問題が出てくるとすれば、これからなのだと思う……俺と彼女が無事、そういう関係になったとして、性格や地位に違いがありすぎる俺達だから。いつだって甘々、毎日が幸せなんて、そんな未来はきっと待ってない。

だとしても俺は、花房とちゃんと、関係を紡ぎたいと思った。

ファンとアーティストじゃない。陽キャと陰キャじゃない。同じクラスの男子と女子じゃない。それ以上に親密で、おこがましい、昔の俺がこの俺を見たら「……ああ、お前もそうなったんだな」って冷めた目で見られるような、そんな関係に彼女となりたい。

もちろん俺はこれからも、アニメやラノベ、漫画を嗜《たしな》むことはやめない。

むしろ今後は彼女にも、自分の好きなそれらを知ってもらいたいと、そんな風に思っているけど……それはやめておいた方が無難かな。これからも俺の大好きな二次元には、彼女と一緒にいる日々の傍《かたわ》らに、そばにいてもらおう。

きっと、花房の隣で読むラノベは、いま以上に楽しい筈だから——俺はそんなオタクっぽいことを考えつつ、彼女に向き直る。

推しが俺を好きかもしれないから、彼女を好きになったんじゃない。

そうじゃなくて俺は、ただ——俺も、花房憂花に片想《かたおも》いをしたから。

かつて推しだった彼女に、なけなしの勇気を振り絞って、こう告げるのだった。

「あ、あの、花房さん！　お、俺は、おおおおお前のことが————」

了

あとがき

こんにちは。何か別の用事でコンビニに行っても、ついついアイスやヨーグルトなどの甘いものを一緒に買ってしまう、川田戯曲《かわたぎきょく》です。この度は、本書を手に取って頂き、ありがとうございます！　こうして二巻を出すことができて、とても嬉《うれ》しいです！

それでは、内容について少しだけ触れますと――本作は、作者がやりたかったことをやり切った一巻の続刊として、あれとは別の『やりたかったこと』を新たに詰め込んだ、再び作者の趣味が全開の一冊になりました。今回も、肩肘張らずに読めるラブコメを目指しましたので、彼と彼女達のやり取りを少しでも面白がって頂けましたら幸いです。

より具体的には、二巻における新ヒロインである彼女のことも、皆さんに好きになってもらえたら嬉しいです。……アバターを介さないと光助《こうすけ》と上手《うま》く喋《しゃべ》れないという、およそヒロインらしからぬ彼女ですが――そもそも本作には、ヒロインらしからぬ性格の花房《はなふさ》がいるので、そんな彼女の隣に並び立つには、これくらい複雑な女の子じゃないとね！

それでは、以下より謝辞の方を。

引き続きイラストを担当して下さった、館田《かんだ》ダン先生。一巻の表紙、口絵、挿絵、どれを取っても本当に最高でした！　今回もラフの時点で素晴らしい出来なので、いまからワクワクが止まりません……！　担当して下さり、ありがとうございます！

担当編集の伊藤《いとう》さん。この二巻でも、改稿の度に本作のキャラクターと向き合い、的確な指示を下さり、ありがとうございました！　今後ともよろしくお願いします！

それから、ツイッターで『推しが俺を好きかもしれない』一巻の宣伝をしてくれた、同期の竹町《たけまち》先生。――本当にありがとう！　何の忖度《そんたく》もなく、『スパイ教室』大好きです。キャラで言うとティア、ジビアがお気に入り。本作と同日発売の7巻も絶対に読みます！

加えて、僕の両親に弟、大切な友人もありがとう。普段は口にできないけど、こうして文章でだったらなんとか言えます。これからも元気でいてください。

そして最後に、本書を読んで下さった読者様にも、心からの感謝を。

二巻まで読んで下さり、ありがとうございました！　いまこれを読んで下さっているあなたが、『推しが俺を好きかもしれない』という作品を少しでも日々の糧《かて》にしてくださったなら、それに勝る喜びはありません。

ではでは、またいつか。

二〇二二年二月上旬　川田戯曲

追伸　昨年からカクヨム始めました。興味がありましたら是非。

お便りはこちらまで

〒一〇二-八一七七
ファンタジア文庫編集部気付
川田戯曲（様）宛
館田ダン（様）宛

富士見ファンタジア文庫

推《お》しが俺《おれ》を好《す》きかもしれない2

令和4年3月20日　初版発行

著者——川《かわ》田《た》戯《ぎ》曲《きょく》

発行者——青柳昌行

発　行——株式会社KADOKAWA
〒102-8177
東京都千代田区富士見2-13-3
0570-002-301（ナビダイヤル）

印刷所——株式会社暁印刷

製本所——本間製本株式会社

ISBN978-4-04-074394-3 C0193 ◇◇◇

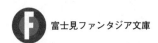

切り拓け！キミだけの王道
ファンタジア大賞
原稿募集中！
賞金
《大賞》300万円
《金賞》50万円
《銀賞》30万円
選考委員
細音啓 「キミと僕の最後の戦場、あるいは世界が始まる聖戦」
橘公司 「デート・ア・ライブ」
羊太郎 「ロクでなし魔術講師と禁忌教典《アカシックレコード》」
ファンタジア文庫編集長
前期締切 8月末日
後期締切 2月末日
公式サイトはこちら！ https://www.fantasiataisho.com/
イラスト／つなこ、猫鍋蒼、三嶋くろね

「私はあなたのことが好き……だよ？」
【檜《ひの》原《はら》由《ゆ》女《め》】
夜宮光助と同じ**文芸部**に所属しているが、とある理由で**幽霊部員**になっていた。**内弁慶な陰キャ**だが、根は結構明るい、**隠れ美少女**。

「これ。渡しとこうと思って……」
【花《はな》房《ふさ》憂《ゆう》花《か》】
大人気音楽ユニット「満月の夜に咲きたい」のボーカルをする高校一年生。腹黒いお姫様気質をオタク主人公・夜宮の前でだけは見せるようになった。

「これは、
憂花ちゃんとあんたを
繋いでくれた、大事なもの。
でもね——いつまでも
これに縋りついてちゃ、
駄目だから」
「何もなくても
一緒にいられるって
……証明したい。
そうやって、
一緒にいたいのよ……」
花火

005.　プロローグ　推しがブログを書きました。
008.　第一話　推しとラインを交換した。
026.　第二話　推しに告白しました。
038.　第三話　推しと心理テストをした。
056.　第四話　推しとちょっとだけ会話しました。
071.　第五話　推しがクマ太郎と喋りました。
089.　第六話　推しのランニングに付き合った。
109.　第七話　推しにラブレターを渡しました。
125.　第八話　推しとご飯を食べた。
146.　第九話　推しとアニ森をプレイしました。
162.　第十話　推しと電話をした。
178.　第十一話　推しが女同士の口喧嘩をした。
196.　第十二話　推しをちょっと怒ってしまいました。
216.　第十三話　推しと夏祭りに行った。
240.　第十四話　推しにフラれました。
257.　インタールード
267.　第十五話　推しの推しと女の喧嘩をしました。
287.　エピローグ　推しを校舎裏に呼び出した。
316.　あとがき